小学館文庫

押しかけ夫婦

八丁堀強妻物語〈五〉

岡本さとる

小学館

目次

押しかけ夫婦　八丁堀強妻物語〈五〉

第一章　押しかけ夫婦

（一）

神道一心流《しんとういっしんりゅう》剣術師範・村井庫之助《むらいくらのすけ》の一日は、仏間で先祖へ祈りを捧《ささ》げるところから始まる。

それがすむと稽古場へ出て、黙想した後、真剣を用いて型の稽古をする。

虚空に剣を揮《ふる》い、武人である己《おの》が気合いを充実させるのだ。

再び黙想した後は、朝粥《あさがゆ》を炊き、梅干と共に腹に納める。

それからは、半刻《はんとき》ばかり書見をしてから、再び稽古場へ出て汗を流す。

昼になると、炊飯をして味噌汁《みそしる》を拵《こしら》え、干物を炙《あぶ》り、香の物を添えて食べる。又は、彼が暮らす向島延命寺《むこうじまえんめいじ》門前にある道場からほど近い、参道の休み処《どころ》で麦とろやそばを頼み中食《ちゆうじき》とする。

何《いず》れにせよ昼は道場を出て、江戸随一の水郷地である向島界隈《かいわい》を速歩し、時に駆けて足腰の鍛錬とするのが、このところの日課となっていた。

そして、道場に戻るともう一度、真剣での型稽古を繰り返し、仮想の相手と死力を尽くして立合うのである。

やがて日は暮れ、井戸端で汗を拭うと、夕餉《ゆうげ》は昼と同じく自炊するか、または近くの一膳飯屋でとる。

その折は、二合ばかりの酒を飲んで、心と体をほぐし、後は書き物などをして眠くなると床に入って一日は終る。

剣術師範で、道場に起居している庫之助であるが、日々孤独な暮らしを送っている。

以前は稽古場には若い弟子達もいて、掛け声も勇ましく、稽古をつけていたものだが、半年ほど前に庫之助は、

「ちと思うところあって、道場での稽古を取り止《や》めたい」

と、弟子達に通告し、いくつか抱えていた出稽古も全てやめてしまった。

庫之助は齢《よわい》五十五。

かつては、〝神道一心流の獅子《しし》〟と呼ばれ、その豪快な術が広く剣士達を唸《うな》らせた剣客も、

「そろそろ平穏な暮らしを送りとうなられたかな」

「寄る年波には勝てぬゆえのう」

「武芸者などというものは、身の引き時が大事じゃ。某《それがし》もあやかりたいものじゃ」

などと噂《うわさ》の的となったものだが、三月《みつき》も経《た》たぬうちに、去り行く者は忘れられて、老師範を訪ねる者も、彼の話をする者もいなくなっていた。

道場に後継者を置かずにきたので、人が通わなくなれば、やがて忘れ去られるであろうと思ってはいたが、己が予想よりはるかに早く静寂に包まれたことに、庫之助は苦笑いを禁じえなかった。

とはいえ、若き日に孤高に生きんとして修行に励んだ頃が思い出され、己が人生は新たな局面を迎えたと、爽やかな気持ちにもなっていた。

それでも、〝思うところあって〟新たな局面を迎えたのには深い理由があったわけだが、彼は今それを、心の奥底に仕舞い込み、ただ一人稽古を続けていたのである。

その日は、九月十一日。重陽《ちようよう》の節句の二日後であった。

昼の稽古を始めた頃に、一組の武家の夫婦が、俄《にわか》に庫之助を訪ねてきた。

夫婦は、夫が二十五、六。妻は二十歳《はたち》過ぎ。

庫之助が応対に出るや、玄関の式台《しきだい》に平伏して、

「無躾《ぶしつけ》なおとないを、何卒《なにとぞ》お許しくださいませ。わたくしは上州《じょうしゅう》高崎《たかさき》、松平《まつだいら》家家中・芦田隆三郎《あしだりゅうざぶろう》。これは、妻のあきにござりまする。村井先生に願いの儀があり、これへ参上仕《つかまつ》りました。何卒、お聞き入れ願いとうござりまする……」

まず夫の芦田隆三郎が、恭《うやうや》しく言った。

「まずお楽になされよ……」

庫之助は、訳がわからず当惑したが、夫婦は清廉の香りを醸している。

高崎の松平家というと、当主は右京大夫《うきょうのだいぶ》。随分前になるが、彼《か》の地に逗留《とうりゅう》した折に、招かれて出稽古をしたことがあり、粗末にも出来なかった。

見れば、何やら事情がありそうだ。

「とにかく話を聞きましょう」

と、言葉を継いだ。

「忝《かたじけの》うございます！」

喜んだあきが、声を弾ませた。

その凜《りん》とした響きが、庫之助には心地よかった。

庫之助は、ひとまず夫婦を稽古場の見所《けんじょ》に続く一間に、迎え入れたのである。

（二）

それから、村井庫之助は、芦田隆三郎、あき夫婦の〝願いの儀〟をひとしきり聞いたが、彼にしてみれば、思いの外、

――他愛《たわい》ない。

話であった。

もっとも、夫婦にしてみれば、この先の命運にかかわることであり、並々ならぬ決意を含んで、ここまで来たのではあろう。

隆三郎とあきの願いは、庫之助に剣術を学び、半年の間に目録を授けられるまでになることであった。

それが叶《かな》わぬと、隆三郎は芦田家が代々継いできた役儀に就けぬそうな。

というのも、隆三郎は芦田家の婿養子として、過日あきと婚礼を挙げたのだが、そこに至るまでは紆余曲折《うよきょくせつ》があったらしい。

そもそも隆三郎は、芦田家の遠縁にあたるのだが、あきの婿にはまったく望まれていなかった。

芦田家は、松平家家中において、番頭《ばんがしら》を務める、番方の家柄である。

当然、武芸達者が後継でなければならない。

芦田家は女系で、あきは一人娘ゆえ、母親と同じく婿養子をとることになっていた。

女系となれば、武芸に勝れた者を選べるゆえ、芦田家にとってはかえって好都合なのだが、あきは、あらゆる候補に首を縦に振らず、

「わたくしは、隆三郎殿を夫としとうございます」

と、言い出した。

隆三郎は涼やかな好男子で、学問もそれなりに修めている。部屋住みの身ではあるが、どこぞの役方の家の養子として迎えられるであろうと思われていた。

武芸の腕はというと、一通りは剣術も修めたものの、芦田家から見れば、

「後継としては、まったくもって心許《こころもと》ない腕前ではないか」

となる。

「隆三郎は好《よ》い男だが、芦田の婿には相応《ふさわ》しゅうない。あき、諦めるがよい」

両親は元より、親族一同から申し渡されたものだ。

しかし、あきは諦めなかった。

子供の頃から、屋敷に時折遊びに来ていた隆三郎を慕っていた彼女は、密《ひそ》かに隆三郎に文を送り、彼の気持ちを確かめたのだ。

隆三郎は驚いた。

子供の頃から、あきのことは憎からず思っていたが、婿選びに際して、まさか自分を切望するとは思わなかった。

さらに、周囲の反対をものともせず、あくまで隆三郎を望み、

「隆三郎さまには、わたくしと夫婦になるお覚悟はございませんか」

と、真っ向から訊《たず》ねてくる。

何やらそら恐ろしさを覚えたが、あきの想《おも》いを知ると、その刹那《せつな》彼女への恋情が湧き起こった。

そして隆三郎もまた、あきに密かに文を送り、

「貴女《あなた》が望んでくれるのならば、喜んで夫婦となりましょう。さりながら、それは許されぬことであろうかと存ずる」

と、己が気持ちを伝えた。

すると、あきは隆三郎の気持ちさえ確かめれば、何も迷うことはないと、

「隆三郎殿を婿にできねば、わたくしは尼になります」

そのように宣言し、周囲の者達を大いに困らせたのである。

だが、中にはあきのことを、

「どこまでも乙が想いを貫かんとする心意気は天晴《あっぱ》れではないか。家を継がんとする娘は、かくありたいものじゃ」

などと評する者もいて、

「隆三郎が、芦田家の婿に相応しゅうなれば文句はなかろう」

と風向きが変わってきた。

芦田家の現当主は、そろそろ隠居をして娘婿に跡を継がそうと考えていたが、それもすぐにというわけではない。

隆三郎を婿に迎え、しっかり者のあきに夫の尻を叩《たた》かせて、武芸達者にすればよいではないか。

芦田家の婿養子となれば、隆三郎も武芸に励むに違いない。

「だが、それも隆三郎にやる気があっての話ではあるが」

こう言われては、あきへの恋を貫くためなら、どんな修行にも堪えてみせると、思わずにはいられない。隆三郎も覚悟を決めた。

晴れてあきと祝言《しゅうげん》を挙げると、

「江戸へ修行に行きとうござりまする」

半年で剣術の目録を得て帰りますと、大言を吐いたのである。

その強い意志は、芦田家の面々の心を動かし、江戸への剣術留学が認められることとになった。

とはいえ、夫婦となったばかりというのに、隆三郎を一人江戸にやるのは、あきには堪えられない。

夫の尻を叩く意味においても、

「共に江戸へ参ります」

その願いも聞き入れられて、夫婦で江戸に出て来たのだ。

芦田家は番頭の家格であるから、家来が供をすべきところだが、

「武者修行に家来を連れて行くのもいかがなものかと……」

隆三郎はそれを辞し、松平家江戸屋敷の厄介にもならぬようにと、定住の場も定めずに出て来たという。

話を聞くと、夫婦の絆と心意気には心を打たれたものの、

──供を連れずに来たのはわかるが、夫婦連れで来る方が、自分にはようわからぬ。

庫之助は、不思議な想いが先に立った。

それでも、思い詰めた表情がきらりとして美しい、妻女のあきを見ていると、

――この女御《おなご》ならば、さもあらん。

納得させられてしまう。

訪ねて来て以来の、あきの物腰、立居振舞を見ていると、

――頼りない家来を連れて歩くより、よほど役に立とう。

そう思われる。

芦田家は代々番方を務めてきたというから、あきも一人娘ゆえに、武芸の方も厳しく仕込まれたのであろう。

庫之助ほどの武芸者となれば、それがわかるのだ。

かつて諸国行脚《あんぎゃ》をした折、高崎で指南を請われ、松平家家中の武士達に稽古を付けたことがあったのだが、それももう十年以上も前である。

そう言われてみると、芦田姓の者も何人かいたような気がする。

「決して、怪しい者ではござりませぬ」

と言って、隆三郎が差し出した書状も、松平家国家老が認《したた》めたものであるのは疑いもなかった。

「江戸へ修行に行くなら、村井庫之助先生の許《もと》を訪ねればよい」

そうして、目録を得て帰ってくれば、すんなりと芦田の後継として、番頭の御役に就けるであろうと言われたそうだが、

「はて、某はそれほどまでに買われておりましたかな？」

今度はそれが気にかかった。

高崎に逗留しての稽古は充実したものであったが、それ以来高崎松平家からは、出稽古の依頼もなかった。

今さら、村井庫之助に学んでこいというのも不思議である。

「御家の剣術には、しがらみもござりますれば……」

この儀について、隆三郎はそう言った。

「なるほど……」

大名家ともなれば、御家の剣術指南は数人いる。

長年の慣礼はしがらみとなって残るゆえ、特に決まった師について、剣術を学んでこなかった隆三郎は、御家に甘えず、江戸へ出てしがらみのない師範から学んだ方が、かえって箔《はく》が付くと考えたようだ。

村井庫之助であれば、縁もあり、

「先生は、教え上手であられたと、かつて御指南を賜《たまわ》った御歴々が申されまして」

「左様か……」

そのように言われると、庫之助も悪い気はしなかった。

しかし、庫之助は思うところあって、今は道場での稽古も取り止め、出稽古もしていない。

「生憎《あいにく》でござるがのう。稽古を付けてさし上げられぬ……」

その由を伝えた。

「そこを曲げて、お願い申し上げます！」

あきが庫之助の返答に縋《すが》りついた。

「何卒……！」

隆三郎が続いた。

夫婦にしてみれば、周囲の反対を押し切って一緒になった以上、半年の間に隆三郎が村井庫之助から目録を授けられねば、芦田家の跡取りとなれない。

「わたくしは、腹を切って詫《わ》びねばなりませぬ」

隆三郎は悲壮な決意を浮かべて、指南を請うた。

「わたくしは、喉を突きます」

あきが夫に続いた。

こちらも肚《はら》を括《くく》った女の凄《すご》みに溢《あふ》れていて庫之助は困ってしまった。

庫之助にも思うところがあるのだ。

俄に道場へやってきて、彼の都合も確かめず、半年で目録を賜りたいとは乱暴過ぎる。

本来ならば即座に断ってもよいところであるのだが、どうもこの夫婦に縋られると無下に出来ない。

ここで縁を断ってしまわずに、夫婦と一時《いっとき》関わっていたい気持ちにさせられるのだ。

それに、断ればこの先の二人は人生に窮するであろう。

ひとつの決意を持って、誰にも頼らずに江戸でみっちりと剣術修行をせんとした、隆三郎の想いに応えてやりたくもなる。

自分の一生も終末に差しかかった。汚点も悔いも残したくない。

充分には稽古をつけてやれないが、番方の武士として恥じぬくらいの術を仕込むくらいなら難しくもない。

泰平の世に、高崎の松平家中で剣を揮うことなどまずあるまい。

番頭自らが戦場に向かうわけでもないのだから、嗜《たしな》みとしての剣術が身に付けばよかろう。

「わかり申した。目録を授けられるよう、指南をいたそう。但し、某もすべきことがあり、剣術指南ばかりに時を費やしてはおられぬゆえ、こちらの思うがままにさせていただこう。それだけは断っておきますぞ」

庫之助は遂《つい》に引き受けた。

「忝うございます！」

まず声をあげたのは、やはりあきであった。

彼女の姿を見ていると、庫之助の心は癒される。

それは何やら懐かしい感情であった。

（三）

「ひとまずは、上手《うま》くことが運んだな」

芦田隆三郎が囁《ささや》いた。

「はい。真《まこと》にありがたいことでございます」

妻女のあきが応えた。

村井庫之助は、

「今、道場には某だけしかおらぬゆえ、ひとまず離れ家に逗留なされよ」

と、一時の弟子入りを認めてくれた上に、住まいまで与えてくれた。

庫之助にしてみれば、近くにいる方が空いた刻《とき》に指南をしてやれるという配慮なのだろうが、

「それもこれも、お前が気に入られたからに違いない」

夫は妻を労《ねぎら》った。

「とんでもないことにございます。旦那様の強いお心が、先生のお気持ちを動かしたのでございます」

妻は夫を立てる。

実に仲睦《むつま》じい夫婦なのだが、二人には秘密があった。

高崎の領主である、松平右京大夫の家来だというのは偽り。

彼らの真の姿は、南町奉行所隠密廻《おんみつまわ》り同心・芦川柳之助《あしかわりゅうのすけ》と、武芸に勝れたその妻・千秋《ちあき》であった。

このところは、すっかりと夫婦での隠密行動が当り前のようになってきた、芦川夫婦である。

柳之助は若き敏腕の同心へと成長した。

千秋は元より、〝将軍家影武芸指南役〟の娘に生まれ、武芸全般に勝れている。

千秋の秘密を知る幕府の重職の一人である南町奉行・筒井和泉守《つついいずみのかみ》は、千秋と柳之助が夫婦になったことに目を付け、二人に隠密廻りの仕事をさせるようになった。

初めのうちは、いくら妻が凄腕《すごうで》でも、共に危ない任務につくのを嫌がっていた柳之助であったが、千秋は恋しい夫と困苦を共にする喜びを享受している。

いつしか柳之助も、千秋との隠密行動が当り前になり、それが夫婦の暮らしなのだと思うようにさえなっていた。

そして、この度の指令は、

「剣客・村井庫之助に近付き、その動きを探るように……」

とのことであった。

庫之助は、

「ちと思うところあって、道場での稽古を取り止めたい」

と、弟子達に通告し、出稽古も全てやめてしまったわけだが、その〝思うところ〟を、奉行所は確かめたいのだ。

というのも、先頃、須田桂蔵《すだけいぞう》なる浪人が深川洲崎《すさき》の明き地で、斬り死にしているのが見つかった。

頭には白鉢巻。袴《はかま》の股立《ももだち》はとってあり、刀の下緒《さげお》で襷掛《たすきが》けがされていた。手にした刀は鞘《さや》から抜かれていて、武士同士が引くに引かれぬ意地の張り合いから果し合いに及んだものと思われた。

しかし、何者相手に立合ったのかは知れぬままで、傷は背中に二ヶ所と腹部に刺傷が残っていた。

背中の二ヶ所の刀傷は範囲が広く、果し合いで出来たものとは思えなかった。

不意討ちにした後、申し訳程度に腹を刺し、果し合いに見せかけたと言えなくもない。

そんな風に疑うのには理由がある。

須田桂蔵は、生前、揚心流《ようしんりゅう》剣術指南・木原康右衛門《きはらやすえもん》の道場に出入りしていたことがわかったのだ。

康右衛門は、四十絡みの剣客で、剣の腕は相当なものと言われているのだが、彼の道場に集う剣士達は、どう見てもまともな武士とは思えない。

性質《たち》の悪い筋の用心棒や、無頼の輩《やから》ばかりなのだ。

こういう連中を鍛え直さんとするのかというと、そのようにも見えない。

道場とは名ばかりで、康右衛門を頭目とした、不良浪人の一団として、奉行所は予々《かねがね》目を付けていた。

怪しげな香具師《やし》の元締、やくざ者の親分、悪質な高利貸《こうりかし》。このような連中から雇われて、陰で悪事を働いているのではないか——。

そのように怪しんでいたのだ。

だが、木原道場は旗本、恩田外記《おんだげき》の屋敷内にある。

恩田家は、無役の小普請《こぶしん》ではあるが、千石取りの名家である。

町方役人は足を踏み入れられない。

いかにして探るかを考えると、須田桂蔵は不良浪人とつるんではいたが、その実は武士の情けに溢れていて、人に慕われていたという。

そのような男が、疑わしい死を遂げたとなれば、

「そこから、何か奴《やつ》らの悪巧みが浮かんでくるのではないか」

というところとなった。

さらに桂蔵を調べていくと、彼は以前、神道一心流の剣術指南・村井庫之助に剣を学んでいたことがあったと知れた。

庫之助が諸国行脚をしていた時に師事し、一時はいつも傍《そば》に付いていたようだ。

剣客としての村井庫之助は、人品卑しからぬ武士として名が通っている。

その弟子であった須田桂蔵も、人に慕われる武士であった。

となれば、桂蔵が木原道場に出入りしていたのは、のっぴきならぬ事情があってのことと思われる。

たとえば、浪人の身である彼が、何かの理由で金が必要になり、

「貴公に、好い内職を世話してやろう」

などと誘われ、悪事に手を染め、深みにはまった。

そして利用された上で、後腐れのないように口封じをされてしまった。

その後、悪党達は桂蔵が剣客の意地をかけて、何者かと果し合いに臨んで斬り死にをしたように見せかけた。

奉行所では、ますますその疑いが強まっていた。

良心を持ち合せている須田桂蔵に近付けば、木原道場の内情が、少しでも窺《うかが》い見られたのであろうが、死んでしまったとなれば、それも叶わない。

桂蔵の斬り死ににについて、木原康右衛門に問い合わせた折は、

「須田桂蔵殿は、勝れた剣客でござった。それゆえ客分として、当道場へ出稽古を願っていたのでござるが、果し合いに命を落すとは真に残念至極……」

木原はそのように神妙な面持ちで、彼の死を悼《いた》みつつ、

「彼《か》の者の死に、お疑いの儀が何かござるか？　武士が一命をかけて臨んだ果し合いでござるぞ。それを汚らわしいものであったと申されるか」

取り調べんとする役人に、大いに憤ってみせたという。

その場には、荒くれ浪人も数人居合わせて、

「我らを取るに足らぬ浪人者と見て、お疑いあるか」

「お情けなきことにござる」

「無念を晴らし、身の証《あかし》を立てとうござる」

などと嘆き悲しみ、

「我ら一同打ち揃《そろ》い、御役所の門前で腹を切って御覧にいれよう……」

遂には、こんなことまで言い出した。

役所の前で腹を切られては堪《たま》らない。

「いやいや、疑うてなどはおりませぬが、役儀となればお訊ねいたさねばならず、申し上げたまで」

役人は這々《ほうほう》の体《てい》で、その場を後にしたのであるが、ただの脅しであるのは端《はな》からわかっている。

「腹を切りたければ切るがよい。こちらも破落戸《ならずもの》の掃除ができてよい」

と、言いたいところだが、ここは相手を好い気にさせておいて、さらなる探索をしてやらんと、機会を窺っていたというわけだ。

すると、桂蔵の師が村井庫之助であると知れた。

しかも、庫之助は近頃、

「思うところあって……」

と、道場をたたんだという。

庫之助も老境に達しているゆえ、いつそのようになってもおかしくはなかったのだが、調べてみると、彼は年齢を感じさせない屈強な剣客で、いきなり剣術から遠ざかるとは思いもかけなかったと人は言う。

これは、弟子の須田桂蔵の死が絡んでのことかも知れない。

桂蔵は二年半ほど前に、庫之助の許から離れて、武者修行に出ていたとされていた。

ところが、その後も旅に出た様子はなく、江戸に居続けていたようだ。

それを、庫之助がどこまで知っていたかはわからぬが、桂蔵の死と、庫之助が道場をたたんだ時期は一致している。

もしかして、庫之助は桂蔵から何か、木原道場のことを聞いていたのではなかろうか。

この二年半の間に、師弟の間に何があったか——。それを庫之助から聞き出す意義はあるだろう。

とはいえ、庫之助ほどの剣客である。

不用意に、込み入った話を人にするとは思えない。

そこで、道場に弟子がいなくなったのを幸いに、芦川柳之助、千秋夫婦に、彼の懐《ふところ》へ入り込むようにと、奉行所は密命を下したのである。

高崎の領主である松平右京大夫には手を回し、芦田隆三郎、あきという夫婦が家中にいるように装ってもらいたいと願い出て、松平家は快く応じた。

村井庫之助が高崎城下に逗留して、松平家家中の者に稽古をつけたことがあったのは、何人もの家来達が覚えていて、

「よい指南を賜ってござる」

と、一時師事した家来達は口を揃えて言っていた。

それゆえ、話はすんなりと運んだ。

芦田家の事情は拵えたものだが、庫之助は人情に厚い男だというので、柳之助と千秋のような爽やかな若夫婦が演じれば、必ずや心動かされるであろうと、奉行所は画

索した。

そして、柳之助と千秋はその期待に応えて、まずは道場に潜入することが出来たのであった。

（四）

芦川柳之助と千秋は、半年間の入門で、村井庫之助から目録を得るという目標を、ひとまず形にすることが出来た。

しかし、これからこの道場で、何として日々過ごせばよいのかを思うと、柳之助の気分は重かった。

まだ出会ったばかりで、庫之助の人となりは確《しか》と知れない。

奉行所が下調べをしてくれたところでは、

「人品卑しからず、俠気《おとこぎ》を持ち合わせた、情に厚い武士」

とあった。

それを頼りに門を叩いたわけだが、確かに噂に違わぬ好人物で、嘘《うそ》をつくのが申し訳ないほど、真剣に話を聞き、二人の願いを受け容《い》れてくれたものだ。

とはいえ、一流の剣術師範を務めている武士である。

自分の考えや、弟子の秘事に繋《つな》がる話を、軽々しく口にするはずもない。

人情に厚い男だといっても、己が心に〝思うところ〟を、昨日今日出会った者に打ち明けるような甘口では、一廉《ひとかど》の剣客にはなれまい。

彼の信頼を得て、上手く琴線に触れるのには、それなりの刻が必要であろう。

一月《ひとつき》や二月《ふたつき》で、庫之助から目録を得られるものではない。

そういう気持ちでかからねば、庫之助に対して無礼である。

それゆえ、御家の事情として、半年の出府を認められたと言ったものの、半年は短いようで長い。

とどのつまり、庫之助は、かつての弟子・須田桂蔵から何も知らされていなかったとわかれば、まったくもってやり切れない。

大海に小舟で漕《こ》ぎ出すような心地がして、柳之助は、

――御奉行はまた、厄介な御役目を申し付けられたものだ。

いくら愛妻の千秋と一緒にいられるといっても、溜息《ためいき》ばかりが出るのであった。

だが、千秋はというと、相変わらずの天真爛漫《らんまん》ぶりで、夫の尻を叩きつつ、家の繁栄を願う、芦田家の妻・あきを喜々として演じている。

「半年かかって何も得られなくてもよいではありませんか。旦那さまはお役目を果されたのですから」

と、まるで屈託がない。

「村井先生は、なかなかの剣客とお見受けしました。お役目でご教授いただくのですからありがたいことではございませんか」

そう言われると得心がいく。

入門が叶ったその日から、千秋は、

「おさんは、わたしが務めねばなりません」

張り切って食事の仕度をするため、米、味噌、塩、干物などを調えた。

「そのような気遣いはせずともよろしい」

という庫之助であったが、

「それでは、わたしがここに居させていただく甲斐《かい》もございません」

千秋はそれを押し切って、台所を占拠したものだ。

あれこれと考える前に、まず行動に移し、走りながら物を考える——。

柳之助は、時に千秋の生きる姿勢に感心させられる。

そして、妻に尻を叩かれて剣術修行に出府した芦田隆三郎を演じるには、千秋に言われるがままに務めを果すことが何よりだと心に決めたのだ。

しかし、柳之助が戸惑う以上に、

──これは面倒を抱え込んでしもうた。

と、庫之助は己が人のよさを嘆いていた。

芦田家の夫婦の熱意に押されたが、よく考えてみると、あの一途《いちず》な想いをもって指南を請われたら、半年の間夫婦に付きまとわれることになるだろう。

この先の半年は、自分にとっては非常に大事な時期なのだ。

それなりの剣が遣《つか》えるようにしてやり、とりあえず目録が欲しいのなら、くれてやってもよいが、高崎へ戻った隆三郎が、

「お前のその剣で、村井先生から目録を授けられたとは笑止な！」

などと、まるで評されず、叱責を受けたとすれば、それもまた不本意である。

老い先短い身ゆえに、夫婦の窮地を救い、己が人生に汚点を残さぬようにしようと思ったが、安請合いしたことで、己が剣名に傷がつくかもしれない。

下手をすると、半年の間、みっちりと芦田隆三郎を鍛えねばならない。

高崎で何と言われようと、手を抜いて目録を与えればよいのだが、それが出来ない性分なのが困りものであった。

入門を許した当日は、庫之助も、頭の整理が出来ず、夫婦を離れ家へ入れて、稽古を付けずにいたが、その夕から妻女・あきが夕餉を拵え運んできた。

温かい白飯、味噌汁、香の物に干物と野菜と焼き豆腐の煮染《にしめ》が添えられていた。

庫之助は日々、己が日課を粛々とこなすことを旨としている。

独り道場で行者のような暮らしを送るのも悪くはないと、このところは満足を覚えていたゆえ、食事など運ばれるとありがた迷惑だと思ったものの、

「うむ、これはうまそうな……」

膳を前にすると、勝手にそんな言葉が口から出ていた。

入門を許してくれた師への謝意を込めんとして、豪勢な料理を拵えてくるのではないかと危惧《きぐ》していたが、あきの料理は素朴であるものの、手が込んでいて、何よりも温かみが感じられた。

武芸者が好む食事を知り抜いているかのような献立である。

「お気に召されましたら、よろしゅうございました。お給仕いたしとうございますが、それも煩《わずらわ》しいことと存じますので、これにて下がらせていただきます……」

あきは、庫之助の心の内を読んで、食膳を届けるとすぐに下がった。

熱いご飯の入った櫃《ひつ》、小鍋に入れた味噌汁は、火鉢でいつでも温められるようにと

の配慮が窺われる。

さらに、五合徳利が小ぶりの茶碗《ちゃわん》と共に置かれていた。

食事の折に、庫之助が酒を飲むかどうかはわからぬが、

「少しお召し上がりになっては、いかがでございましょう」

という気遣いがそこにあった。

夕餉の折には、二合ばかりの酒を飲み、心と体をほぐす庫之助である。

——五合徳利とは気が利いている。

給仕されるのは面倒である。

弟子から師への心尽くしとして、これはありがたく受けておこう。

庫之助はそのように捉えて、あきが下がる時に、

「あき殿が長く逗留してくれるのは真にありがたい……。だが、わたしも色々といたさねばならぬこともある。隆三郎殿の剣術の腕は、そなたから見ていかほどのものであろうかのう」

と、訊ねた。

剣術より学問が勝れているという隆三郎とはいえ、まったく剣術の素養がないのか、ある程度は武士の心得として身に付けているのか。

それを聞いておきたかった。

「畏れながら申し上げます」

あきは姿勢を正して、

「わたくしも武門の家に生まれた娘ゆえ、剣術の筋があるかないかの見分けくらいはできます。夫の隆三郎は、剣術よりも学問に重きを置いて参りましたが、剣術の筋が悪いわけではござりませぬ」

堂々たる口調で応えた。

「左様か、それならば、きっと上達も早かろう」

庫之助は、ほっとした表情を浮かべ、

「まず明朝、型の稽古と参ろう」

稽古の開始を、あきに伝えたのであった。

（五）

芦田隆三郎こと芦川柳之助は、翌朝、道場の稽古場へ出て、村井庫之助から型の指南を受けた。

朝餉は、あきこと千秋が、庫之助の好みである粥を炊いた。

庫之助が朝餉前に行う、真剣での型稽古の折は、

「お邪魔になっては申し訳ございませせぬ」

と、稽古場には近付かぬと告げていた。

その配慮といい、朝粥といい、この夫婦は実に〝ほどがよい〟ので、庫之助にとっては思いの外気が楽であった。

柳之助は、間合をはかって朝餉の後に、稽古場へ出て、庫之助に教えを請うた。

「本日より、よろしくお願い申し上げます」

恭しく座礼をすると、

「まず型の稽古と参ろう」

存外に、庫之助は明るい表情で応えてくれた。

気に入られたというほどのものではなかろうが、

——構ってはやろう。

と、思ってくれているようだ。

柳之助は昨夜、千秋と共に、自分の剣の腕をどこまで庫之助に見せるかを思案した。

妻である千秋が武芸抜群であるゆえに、どうしても霞《かす》んでしまうのだが、柳之助の

剣術の腕はなかなかのもので、南町奉行所の中では誰にも引けをとっていない。

だが、芦田隆三郎は、剣技未熟でなければならない。

かといって、未熟であっても筋のよさを見せねば、庫之助に早々に見切りをつけられてしまうかもしれない。

その匙《さじ》加減が非常に難しいのだ。

ひとまず、庫之助がしてみせる型を、ぎこちない手つきで真似《まね》てみた。

そして、一旦覚えると、時に鋭い太刀筋で演武をしてみせる。

一刻ばかりの間、それを繰り返していると、庫之助の表情が明るくなってきた。

――どうやら、それほど根を詰めずとも、目録を授けられるくらいの腕前にはしてやれそうだ。

そのように思わせることが出来たらしい。

そして、一頻《ひとしき》り型稽古をつけると、

「今日はこれまでにいたそう」

庫之助は、指南をやめてしまった。

「芦田殿は、学問を旨として、剣術はいささか嗜んだくらいだと申されたが、何の、なかなか筋がよろしい。わざとできぬふりをしているのではないかと思えるほどにのう」

　こちらの狙いを見透かされているのではないかと、内心冷や冷やものであるが、

「芦田殿の腕のほどはこれでわかった。焦ることはない。ゆるりと参ろう」

　庫之助はそう言った。

「昨日も申したように、指南は某の自儘《じまま》にさせていただこう」

「ははッ。それはもう、仰せの通りに……」

「明日は、この続きをいたそう」

「忝うございまする」

「ならば御免」

　庫之助は、柳之助と千秋を置いて、いつもの外出《そとで》をして、足腰を鍛えんとした。

「何卒お供を……」

　たとえ一時にしろ、師事したからには、師の鍛え方を学びたいと、柳之助は千秋と共に願い出た。

「いや、その辺りをぶらぶらと歩くだけじゃよ。鍛錬というほどのものではない」

　ついてこられるのも面倒だと、庫之助は突き放したが、

「ぶらりとなされるのなら、尚《なお》のこと、お供をいたしとうございます」

千秋が縋るように願った。散策に出るなら、その間は何かと不便もあろうから、お世話をさせてもらいたいと言うのだ。

「そっとお供をさせていただき、お邪魔にならぬようにいたしますゆえ」

「う～む……」

庫之助は困ってしまった。

この妻女に請われると、どうも無下に出来なくなる。

そっと離れて見ていられるのも窮屈だが、芦田あきも夫の成果が上がらねば、高崎へは帰れないと、強い決意をもってここへ来ているのである。

師の世話をするのもさることながら、夫の修行ぶりを見届けておきたいのであろう。

「外出をするのは、そなた達の勝手ゆえ、これもまた自儘にいたすがよかろう」

とどのつまりは、そのように応えていた。

ついてくるなら、それは止められぬ。こちらも勝手に歩くゆえ、二人も勝手に歩けばよいと、これを認めた。

――どうも、おかしなことになってしもうた。

庫之助には〝思うところ〟がある。

それを成し遂げんために、一人の武芸者に戻り、人生最後の修練を成さんとしているのだ。

こういう純真な夫婦に関わっていると、気合が入らない。

これから先にあるはずの修羅場へ臨む覚悟より、これまでの人生において味わった、美しくも楽しい思い出への郷愁が、ふと頭を過《よぎ》ってしまう。

庫之助の〝思うところ〟とは、己が生死をかけたものであった。

そのために、道場をたたみ剣気を充実させんとしていたものを——。

「いや、生きていると、色んな苦難が降りかかってくるというものじゃ。これもまた試練と思えばよい」

庫之助は、そのように思い直し、速歩して向島の土手を行き、水神社に向かった。

ここは森の中にあり、隅田川《すみだがわ》を一望出来る。

水難除《よけ》の神で、かつてこの辺りが洪水に見舞われた時も、水神社だけは被害に遭わなかったという。

神に創られた川、大地、そこに生きるありとあらゆる物の魂を己が心身に吸い寄せて力とする。

庫之助は、いつもそんな想いを胸に足腰を鍛えるための外出をしている。

「間抜け夫婦など、目に入れねばよいのだ」

と、水神社に着いたものの、やはり夫婦が気になる。

人がよいと言われたことはあったが、昨日今日知り合った人間に鍛錬の気合を乱されはしなかった。

それが口惜《くちお》しいのだが、ふと振り返ると、芦田夫婦は懸命に、付かず離れずついてきている。

煩わしさよりも、夫婦の純朴さが清々《すがすが》しく思えてくる。

目が合うと、夫婦は小腰を折った。

——敵ではないのだ。

ひとまず二人を受け容れて、己が鍛錬を粛々と続けよう。

庫之助は野駆けをした。

夫婦は遠くでそれを真似て駆ける。

あきは夫の隆三郎に後れをとらぬ健脚で、庫之助の後をついてきた。

——大した女だ。

庫之助は呆《あき》れて妻女を見た。

にこやかな表情を彼女は返してくる。

また懐かしい光景が、庫之助の頭の中に蘇《よみがえ》ってきた。

（六）

水神社への外出に付き従った芦川柳之助と千秋は、頃合を見はからって、先に道場に戻った。

しつこくならぬようにとの配慮であった。

そうして、稽古場で庫之助を待った。

千秋は外出の帰りに近くの休み処で握り飯を調達して、柳之助はこれを少し腹に入れておいた。

昨日は、千秋が巧みに、庫之助の食事事情を聞き出していた。

朝餉は粥、昼は延命寺門前の参道にある休み処で、麦とろやそばを帰りに食べることが多いそうな。

下手に出しゃばらぬ方がよい。帰りの楽しみにしているかもしれないからだ。

まだすませていない場合に備えて、握り飯は余分に買ってあった。

庫之助が帰って来たのは、八つを過ぎた頃であった。

もうこの時分となれば、昼はすませてきているはずだと、千秋は用意をしていた握り飯を離れ家に戻し、柳之助は稽古場で、朝に習った型を独りで稽古し始めていた。

朝とは違い、庫之助の顔はぐっと引き締まっていて、体中から剣気が放たれているのが柳之助と千秋にはわかった。

芦田夫婦の姿が見えなくなったので、気持ちを切り替えて鍛錬に励んだらしい。

柳之助と千秋は武芸未熟を装い、庫之助の変化には気付かぬふりをして、

「先生、先ほどはお邪魔をいたしまして申し訳ござりませぬ。勝手ながら稽古場で型の稽古を始めておりました」

柳之助が恭しく座礼をすると、

「何卒、ご教授くださりますようお願い申し上げます」

千秋が、同じく座礼をして、夫への指南を請うた。

「うむ……」

庫之助は、厳格な表情で頷《うなず》いたが、帰って来た時と比べると、はるかにやさしい目になっていた。

この度もまた、柳之助と千秋の気遣いを受け容れて、好感を持ってくれたと、夫婦は感じとっていた。

「ならば型稽古の続きと参ろう」

庫之助は、すぐに柳之助に稽古をつけてくれた。

朝の稽古よりも尚、庫之助の気合が充実している分、熱が入る。

柳之助は心中、

──さすがに一流の師範になっただけのことはある。

と、唸らざるをえなかった。

庫之助が見せる型は、動きに毛筋ほども乱れがなく、揮う木太刀が真剣に見えるほどの鋭さがあった。

一刀流《いっとうりゅう》を修めた柳之助は、役儀で剣術の指南を受けられる幸せを覚えた。

とはいえ、今の自分は芦田隆三郎である。本気を出して教えを請えないのが、何とももどかしい。

それでも随所で、芦川柳之助の太刀筋が出てしまう。

見守る千秋にはそれがわかるだけに、冷や冷やものであったが、

「おお、隆三郎殿、そなたはなかなかに遣うではないか。やはり爪を隠しておったな」

庫之助は、どきりとさせることを言ったものの、素直に芦田隆三郎には素質がある

と喜んだものだ。

一刻ばかり、みっちりと稽古をした後、柳之助は稽古場から下がった。千秋は昨日と同じ要領で、庫之助のために夕餉を拵えた。

柳之助を下がらせた後、庫之助はさらに半刻くらいの間、独りで黙々と真剣で型稽古をしていたので、その終りを見はからい、柳之助は風呂を沸かした。

「これは、ありがたい……」

真剣での型稽古を終えた庫之助は、又も厳格な風情を漂わせていたが、風呂へ入り湯に浸り、出て居間へ戻ると、千秋が拵えた夕餉の膳が届けられる。

「忝し」

庫之助は俄弟子夫婦の心尽くしを素直に受けて、相好を崩したのである。

かくして入門二日目は終った。

庫之助の懐の内にはひとまず飛び込むことが出来たが、まだまだ心の内に入り込むのには暇がかかりそうだ。

「まずこの暮らしを積み重ねていくしかありますまい」

千秋は相変わらずの泰然自若ぶりであった。

柳之助もこれに異存はない。

剣術未熟の芦田隆三郎が、村井庫之助の指南を受け、身に備えていた剣才を開花させていく。

それを演じるしかあるまい。

「うむ、もう某が教えるまでもなかろう」

と、早々に切り上げられぬよう、〝教え甲斐のある弟子〟〝教える喜びを改めて思い出させてくれた弟子〟になってやろう。

柳之助はそのように思い定めて、千秋と共に翌日からも、同じような時を過ごしたのであった。

そうして五日が経ったが、庫之助の日常は変わらない。

だが、柳之助も千秋も、庫之助が時折見せる殺気に充《み》ちた表情、空虚な目差し、怒りと悲しみを吐き出すかのように溜息をつく姿を見逃さなかった。

「やはり村井先生は、何かをやり遂げんとしておいでのようだな」

「そのようですね……」

やはりかつての弟子、須田桂蔵の変死について、何か知っていて、それを質《ただ》さんとしているのであろうか。

凶悪な浪人の巣窟と化した、木原康右衛門の道場に乗り込み、弟子の死の真相を問わんとしているのかもしれない。

その折は、剣客の意地をかけ、木原に果し合いを迫る気構えでいるはずだ。

敵地へ赴くのであるから、尋常な勝負が出来るかどうかわからない。

名ばかりの師範代が、我も我もと立合を望んで、庫之助を討ち果さんとするかもしれない。

正しく死地に赴くことになる。

庫之助はその覚悟を胸に秘め、独りとなって、心身を落ち着けるために道場を閉じたと十分考えられる。

奉行所の睨《にら》んだところは、大きく外れていないはずだ。

こうなるとまた、柳之助は不安を覚える。

早々に指南を切り上げられぬよう努めてきたが、

「戦いに臨む覚悟を決めたのなら、おれ達のことは早く片付けて、また独りになろうとするだろうな」

後数日で、

「芦田隆三郎殿、そなたに目録を授けよう」

と、言い出さんとも限らぬ。

庫之助は、少なからず、芦田隆三郎、あき夫婦に心を開いてくれている。

しかし、数日で庫之助の本心を聞き出すのは、生半《なまなか》なことではない。

どうしても気が焦るのだ。

「焦っていても仕方ございません。目録を賜わったならば次は〝皆伝を賜わるまでお傍を離れません〟とくらいつくしかありません」

千秋はゆったりと構えているが、強気でもある。

「そうだな。おれは焦ってばかりで、困ったものだ」

「いえ、それだけお役目にお力を入れておいでなのです。旦那さままでが、わたしのようにのんびりとなさっていては、物ごとが前には進みません。ふふふ……」

実に調和のとれた夫婦である。

「それより旦那さま。この離れ家の納戸にはがらくたを放り込んでいるゆえ、打ち捨てておけばよろしい、などと先生は仰《おつしや》っていましたが……」

「掃除などするに及ばずというところであろう」

「でも、そういうわけにもいかず、入ってみたのですが、あれこれと節句の道具などが置いてあって、ほのぼのとした想いがいたしました」

「御子が四人、いたそうだな。親子で祝ったこともあったのであろうな」

夫婦に与えられた離れ家には、四畳ばかりの納戸があり、庫之助は件《くだん》のように言っていたが、千秋はそこに村井家のかつての団欒《だんらん》を窺い見たのである。

「なるほど、その辺りのことが、先生の御心を開かせる、きっかけになるかもしれぬなあ……」

「はい……」

夫婦にはひらめくものがあった。

（七）

「来年のお正月には、お身内の方々がお集まりになるのでしょうね」

朝の食膳を運ぶ隙を衝《つ》いて、千秋が村井庫之助に声をかけた。

「正月……」

庫之助の目に一瞬鋭い光が宿った。

「ああ、これはよけいなことを申しました」

千秋は慌てて打ち消したが、庫之助の目の鋭い光には険が立っていないのがわかる。

「以前は妻に子供が四人、賑《にぎ》やかなものであったが……」

溜息交じりに言った言葉には、えも言われぬ温かみがあった。

庫之助は妻女との間に二男二女を儲《もう》けていた。

その事実は、もちろん南町奉行所の方で調べていて、柳之助と千秋には報《しら》されている。

厳格な武芸者かと思えば、庫之助は情に厚い武士であった。

納戸の調度は、埃《ほこり》を被《かぶ》っていたが、厳しいだけでなく、妻子と物日《ものび》をきっちりと過ごすやさしい父親の姿が窺い見られた。

今は別れて暮らしていても、その頃を懐かしむ日もあるに違いない。

武士の情に縋って近付いた今、次は肉親の情を引っ張り出して、庫之助の心中を覗《のぞ》き見ようという策に出たのである。

「ここ何年も、子供が物日に集うこともなくなってしもうた」

庫之助は懐かしそうに言った。

「それでは、来年のお正月は？」

「まず訪ねては来ぬであろうな」

「どなたも、でございますか？」

「皆、忙しゅうしておるゆえにな」

「いくら忙しいからといって、こんな立派な実家《さと》があるのですから、誰か一人くらいお越しになってもよいのでは……」

「いやいや、今さら訪ねて来られても、こちらも面倒じゃよ。わたしは生涯修行の身ゆえ、祝いで調子を乱されるのは迷惑だ」

「お子様方は、何をなさっておいでなのでしょう？」

子供について問うと、庫之助は顔に喜色を浮かべて、

「長男は、高輪《たかなわ》で己が道場を開いている」

「では、神道一心流の……」

「いかにも」

「こちらで、大先生、若先生としてご指南されたらよいかと存じますが」

「いや、倅《せがれ》と同じところで剣術指南では、互いに息が詰まる。それに、倅の方が強いとなれば口惜しいゆえにのう」

「先生を超えられたのですか？」

「それほどでもなかったが、手こずる時もあった。今となっては、わたしより強いかもしれぬな」

「となりますと、さぞお忙しい先生なのでしょうね」

「まず出稽古は引く手数多《あまた》ゆえ、正月に親の道場などに行っていられまい」

庫之助はしかめっ面をしたが、明らかに長男の自慢にかかっている。

長男は栄之助《えいのすけ》といって、確かに腕の立つ剣客だと聞いていたが、庫之助の口から聞くと千秋も楽しくなってきた。

「では、他のお子さまは……？」

「その次が娘でのう。千駄ヶ谷《せんだがや》で手習い師匠をしている」

「手習い師匠を……？」

「剣術師範に請われて嫁いだのだが、ははは、気が強うてのう、気に入らぬことがあって、夫婦別れをしてしもうた」

「それで子供達を集めて手習いを」

「うむ、ここへ呼び戻そうと思うたのだが、手習い子が五十人もいては、そちらに手を取られて、なかなか向島へは来られぬようじゃ」

「左様で……」

「その下にまだ息子がいるのだが……」

三人目は自ら話し始めた。

「これが怪《け》しからぬ奴でな」

「どうなさいました？」

「確と剣術を仕込んだというに、今では剣を捨て、医者になりよった」

「お医者に？　ご立派ではございませんか。何と申しましても人の命を助けるお仕事ですから」

「まあ、そう言ってもらえると、諦めもつくがのう」

諦めてなどいない。庫之助は嬉しそうな顔で、

「剣の腕は大したこともなかったが、医術はなかなかのものだそうで、息つく暇もないらしい」

と、自慢をした。

「皆さまご立派になられた由、何よりでございますねえ」

千秋は声を弾ませた。

長女はふゆ、次男は達之助《たつのすけ》。

彼らの暮らしぶりも、千秋は既に知っていた。

残るは次女であるが、庫之助はここで口を噤《つぐ》んだ。

「ははは、わたしの子供のことなど、どうでもよかったのう。皆、忙しゅうしていて、ここへは寄りつかぬが、忙しいのは何よりだと思うている」

庫之助はしみじみとして語り終えると、

「せっかくの粥が冷めてしまうな」

と、笑った。

「申し訳ございません。わたしがつい話し込んでしまいました」

「いや、よいのじゃよ」

庫之助は、子供達の話をし終えると粥をゆったりと啜《すす》り始めたが、その面持ちは好々爺《こうこうや》のそれに変わっていた。

「失礼いたします」

千秋は手応えを覚えてその場から下がった。

そして、その日は昼となって庫之助はいつもの外出をしたが、行く先は水神社ではなく墓所であった。

そこは、水戸《みと》徳川家下屋敷の裏手にあり、南には川、北には秋葉山が見える長閑《のどか》なところだ。

柳之助と千秋は、そっと庫之助の供をしてその辺りまで行ったが、庫之助は二人を手招きして、

「一緒に参ってやってくだされ」

と、墓へ誘《いざな》った。

「あと一人、娘がいたのだが、今はここに眠っている……」

そこは、次女の墓であった。

彼の次女が若くして亡くなっていたのは、柳之助も千秋も既に知っていたが、墓に同道すると哀感も一入《ひとしお》であった。

「娘は、そなたと同じ、あきと申した」

口許《くちもと》に笑みを湛《たた》え、庫之助は千秋を見た。

次女の名があきで、どことなく千秋に似ていたという情報も芦川夫婦は摑《つか》んでいた。

それゆえに、千秋の名をあきにして、出来うる限り庫之助の傍へ近寄るようにさせたのだが、庫之助はすぐに千秋扮《ふん》するあきに次女を思い出したらしい。

何くれとなく芦川夫婦に構ってくれたのは、千秋に亡くなった末娘・あきの面影を見たからに違いない。

初めからもっとそこを攻めればよかったのだが、亡くなった娘への思い入れが強ければ逆効果になる恐れがある。

慎重に様子を見なければならないと控えていたのだ。

朝餉の折に、三人の子供の自慢をした後、口を閉ざしたので、

「やはり、娘さんの死は、今でも心の痛手となっているのでしょう」

千秋は手応えを覚えつつも、庫之助から子供達の話を聞くのは、一旦控えた方がよいようだと柳之助と確かめ合っていた。

それだけに、庫之助が自ら二人を手招いて、

「一緒に参ってやってくだされ」

というのは、興味深かった。

二人は墓所のことゆえ、厳《おごそ》かに静々と庫之助の傍へ寄って、何も知らぬふりを装い、

「こちらが、娘さんのお墓でございまするか？」

柳之助が恭しく言った。

「末の娘でのう」

庫之助は、墓標にやさしい目を向けながら言った。

「まだ十五であった。どことのうそなたのあき殿に似ていた……」

「名も同じで、姿も似ておりましたか？」

「いかにも」

「それゆえ、わたくしを弟子にしてくだされたのですか？」

「さて、それはおぬしの気構えに心を動かされたからじゃよ」

「畏れ入りまする。さりながら、わたくしの妻があきでのうては、どうなっていたことやら……」

「ははは、そうかもしれぬな。あき殿を見ていると、何やら懐かしい心地がするのは確かじゃによってな」

庫之助が小さく笑うと、千秋はあきの墓標の前に跪《ひざまず》いて、

「あなたさまのお蔭《かげ》で、わたし達は先生のお傍に置いていただくことができました。真に忝うございます」

神妙に手を合わせた。

そんな姿もまた、死んだ娘に似ているのであろうか。

庫之助は千秋を見て、目を細くした。

柳之助は、千秋と並んでしっかりと手を合わせた。

隠密廻り同心として、亡き娘・あきに礼を言わねばなるまい。

「娘のことを忘れはせぬが、近頃は墓へ参ってやるのが疎《おろそ》かになっていたようじゃ。草も生え、薄汚れていたと申すに。あき、すまなんだのう」

しみじみと墓に語りかける庫之助を見て、柳之助とあきは慌てて、墓の掃除を始めたものだ。

（八）

「あきは、何かというとわたしにまとわりついて、離れようとせなんだものじゃ」

墓所から道場へ帰る道中、庫之助は野駆けは休んで、ゆったりとした足取りで川沿いの道を歩んだ。

柳之助と千秋は、ここぞとばかり同道して庫之助の胸の内を覗かんとした。

朝から息子、娘の話をするうちに、張りつめていた心の内が和んだようだ。

彼の人生を語る上で、子供を育てあげたことが、剣の修練と上達と同様の輝きとして心に誇れるものであるらしい。

「わたしのような、剣に生きる者は、妻や子を持ってはならぬ。若い頃はそのように思うていたものじゃ」

「いつどこで、命果てるかも知れぬ……。そのような御覚悟をお持ちであったのですね」

柳之助は深く思い入れをした。

それは剣客、武芸者といった、生死の境目に身を置く修行者に限ったものではないはずだ。

泰平の世が続き、

「武士の本分は死ぬことである」

などという思想など、すっかり忘れられてしまっている昨今である。

しかし、武士としての矜持《きょうじ》を持つ者は、その覚悟を忘れてはならぬと、誰もが思っているはずだ。

柳之助も、半ば町の者と同化しつつある八丁堀《はっちょうぼり》同心とはいえ、その覚悟はいつも胸の内にある。

だが、代々禄《ろく》を食《は》み主君に仕える身は、家の存続のために妻子を持たねばならない。

そうして、強い妻・千秋を得たものの、この先妻との間に子を生《な》せばどうなるのであろうか。

今は夫婦して死地に身を投ずるのをためらわず、それを誇りとすることで、夫と妻は絆を深めているが、子がいれば何ごとにも弱気になるかもしれない。

芦川家の跡取りが出来れば、子が成人するまでは、何としても育て上げねばならない。

「よし、これで自分の跡は倅に托《たく》せるであろう」

という確信が持てる日までは、何があっても生きていてやらねばならないのだ。

柳之助自身、二十歳を少し過ぎた頃に父親が病に倒れ、思ったより早く同心になったわけだが、一代奉公とは名ばかりで、世襲が当り前の同心職においては、

——もう少し、父には生きていてもらいたかった。

と、何度も思った。

それゆえ、村井庫之助ほどの武芸者が、いかなる想いで子供四人を育てたのかが気になった。

「子ができれば、これはまたかわいいものなのでございましょうな」

柳之助は、千秋に子ができたことを頭に思い描いて問いかけた。

隠密として潜入はしているが、庫之助の人となりに触れると、そこから自分にとって、何か学ぶべきものがあるのではないかと思えてくる。

その素直さが、相手を信じさせるわけだが、柳之助は問いかけることに、まったくためらいがなかった。

「いかにもかわいい。子供ができると、この世にこれほどまでに愛らしいものがいるであろうかと、つくづくと思わせられる」

「とは申せ、先生は妻《めと》を娶るなど考えてもおられなんだのでございましょう」

「うむ、確かにそう思うていた。だが、気が付けば夫婦になっていた……」

妻は奈津《なつ》という女であった。

剣術の同門であった兄弟子の妹で、女ながら武芸に長じていた。

同じく武芸者であった父を早くに亡くし、父を追うように母が亡くなると、兄・本《ほん》庄《じょう》宗《そう》兵《べ》衛《え》と二人で暮らしていた。

宗兵衛はそもそもこの向島の道場の主《あるじ》であったのだが、何かというと道場を空けて旅に出たり、遠くへ出稽古に行くので、庫之助は代稽古を頼まれた。

そのうちに師範代として門人に稽古を付けるようになったのだが、妹の奈津も庫之助の指南を望み、やがて宗兵衛は、

「道場と妹を頼む！」

そう言っては道場を空けるようになった。

門人を任されるのはよいが、奈津を任されるのには困った。

男勝りで剣術の腕も大したものである奈津を指南するのは楽しかったが、稽古が終ると気まずくなる。

兄弟子の宗兵衛は留守をしていて、奈津と二人だけの時が多々あったからだ。

しかし、後で思えばそれは、庫之助に想いを寄せる妹の恋を成就させてやりたい、

宗兵衛の計略であった。

奈津はずけずけと庫之助の傍へ寄って来て、

「わたくし達は、夫婦になった方が、何かと上手くいくのではございませんか？」

などと、あけすけに言う。

「剣の道に女はいらぬ」

と、気負っていた庫之助であったが、奈津の自分への想いを知ると放っておけなくなって、押し切られるように夫婦となった。

本庄宗兵衛はおもしろい男で、一処《ひとところ》にじっとして門人に稽古をつける暮らしに嫌気がさしたと言って、遠国の大名家に剣術指南役として仕官してしまった。

こうして、あれこれいううちに、宗兵衛に道場と妹を押し付けられるがごとく、庫之助は、道場主となって妻を娶り、奈津は四人もの子を生した。

「まず、そんなわけで、剣に生きる者は、妻や子を持ってはならぬ、と思うていたわたしが四人の子持ちになっていたというわけじゃ。困ったことに、子を持ってみると、これがかわいい。かわいくて仕方がない。何とかして立派に育ててやらねばならぬと思うたものじゃ」

「子供がかわい過ぎて、剣術に身が入らなんだことはござりませなんだか」

「いやいや、それがむしろ身が入った」

「左様で……」

「修行を怠《おこた》れば、立派な剣術師範にはなれぬ。それでは妻や子供に示しがつかぬ上に、剣客として方便《たつき》が立たぬ」

「なるほど、妻子を養うためには、名だたる剣術師範となって、暮らし向きを整えねばならぬということでござりまするな」

「ははは、つまり弟子を増やし、出稽古を増やし、銭を稼ぐということじゃよ。まったく、さもしい話でのう……」

「いえ、それは当り前のことでござりましょう。わたくしなどは、主家から禄を頂戴いたしておりますゆえ、ひとまず三度の飯にありつけますが、剣一筋で生きるとなれば、それは大変だとお察し申します」

それは柳之助の飾らぬ想いであった。

八丁堀の同心は、三十俵二人扶持《ぶち》の軽輩でも、禄はいただけるし、町の商家などからの付け届けもある。

この先、千秋と子を生したとて、養っていけるかどうかの心配はない。

考えるにつけ、己が幸せを思い知らされるのだ。

千秋はしんみりとして、

「お子さま方のために、断りたいことを引き受けられた時もあったのでございましょうねえ……」

「ああ、そんな時もあった」

下らない旗本の息子の指南を頼まれた時などは、こ奴を打ちのめして帰ってやろうかと思ったものだが、それも堪えた。

すべては妻子のためであったが、

「そもそも、取るに足りぬ奴など打ち捨てておけばよい。ああ、そうかそうかと大きく構えていよう……。そう思ううちに、何ごとにも動じぬようになって参った」

そうなると、ますます師範としての株が上がり、指南を請われるようになったという。

「その境地に達するまでは、色々と苦労があったがのう」

「お察し申します。それほどまでにご苦労をなされてお育てになった娘さんを亡くされたのは、真にお労《いたわ》しゅうございます」

千秋も柳之助と同様、庫之助の話に心を打たれ、目には薄《うっす》らと涙を浮かべていた。

夫婦の情が、庫之助の心を開かせ、子供達の話を語らせた。

大きな成果である。

「妻は十年前にあきが死んで、その心痛が祟《たた》って後を追うように身罷《みまか》った。三人の子供達も立派に育った今は、いよいよ剣に死ねる。晴れ晴れとした想いなのじゃよ」

庫之助は、柳之助と千秋に、にこやかに頷いてみせた。

「そのような大事な毎日を、お騒がせいたしまして、真に申し訳ございませぬ」

「夫婦して押しかけましたことを、どうぞお許しください」

柳之助と千秋は、隆三郎とあきに戻って、庫之助に詫びた。

「いや、確かに迷惑ではあるが、そなた達夫婦と話していると、何やら懐かしい心地がする。死に臨む前に、心穏やかにいられる日々もまた大事じゃ。この縁を、ありがたく思うておるのじゃよ」

庫之助は何度も頷くと、いささか照れくさかったのであろうか。夫婦に構わず、さっさと歩き出したのである。

（九）

道場に戻ってから、村井庫之助は妻子の話をすることはなく、

「型はまず、見て覚えればよい」

と、柳之助の前で木太刀を揮った。

五十五歳とは思えない身のこなし、太刀筋の鋭さであった。

芦川柳之助は、芦田隆三郎として、おどおどしてその凄《すさ》まじい演武を見ていたが、千秋と共に、

――村井庫之助は、一命を賭した戦いに近々挑まんとしている。

その想いを確かなものとした。

相手はやはり、木原康右衛門とその一党なのであろうか。

未《いま》だそれを匂わせる話を庫之助はしていない。

とはいえ、身内の話を楽しそうに、柳之助と千秋にしてくれた。

どこまで打ち明けてくれるかわからないが、そろそろ変死を遂げた弟子・須田桂蔵に繋がる話を持ち出してもよい頃かもしれない――。

夫婦はその手応えを覚えていたが、奉行所からの繋ぎはまだなかった。

奉行所は、木原康右衛門の道場の実態を摑まんとして動いているが、未だこれといった情報は摑めていないらしい。

そうなると、村井庫之助から得られる情報は貴重であるゆえ、ことは慎重に運ばな

ければならない。

下手に話をして、機嫌を害されては困るのだ。

「もう少し、村井先生の懐の内に入らねばなるまいな」

「左様でございますねえ」

夫婦は、思案に詰まってしまった。

墓所の帰り道に、庫之助は、

「三人の子供達も立派に育った今は、いよいよ剣に死ねる」

「……死に臨む前に、心穏やかにいられる日々もまた大事じゃ」

などと、言葉の端々に気になることを忍ばせていた。

いざとなったら、庫之助にどこまでも張り付いて、彼が言うところの〝死地〟へ共に赴けば埒《らち》が明くかもしれないが、成り行き任せでの捕物は避けたい。

先ほどの型の演武を見ていると、単身死地に臨み、存分に戦ってやるという気迫が溢れていた。

「そうなりますと、心穏やかにいられる日々を、お過ごしいただくのが何よりではございませんか?」

離れ家で二人になると、千秋は柳之助に囁いた。

「おれもそう思うが、心穏やかにいられる日々とは、どのようなものかな?」

毎日、末娘の墓へ参るわけにもいくまいと柳之助が首を傾《かし》げると、

「亡くなった娘さんを偲《しの》ぶのもようございますが、立派になられたお子さま方と、しっかり向き合っていただくことも大事ではございませんかねえ」

千秋はゆったりとした口調で言った。

「なるほど……」

柳之助は膝を打った。

「さすがは千秋だ」

愛妻の考えることはすぐにわかる。

庭から微風《そよかぜ》に乗って、蘭の香りが二人の鼻腔《びこう》を刺激した。

気が張る隠密廻りの仕事にあって、夫婦はささやかな喜びを見つけ、幸せを噛《か》み締める術《すべ》を、いつしか身に付けていた。

第二章　若先生

（一）

「おい！　こんなぬるい酒が飲めるか馬鹿野郎！」

居酒屋で雄叫《おたけ》びをあげている男は、ころ助《すけ》という。

近頃、本所界隈《ほんじょかいわい》で暴れ廻《まわ》っている破落戸《ごろつき》で、兄弟分のさんい公《こう》となかなかに威勢を揮《ふる》っている。

強請《ゆす》り、かたり、ぶったくり——。

悪いことは一通りこなし、酒を飲めば店に難癖をつけて代を踏み倒す。

ころ助、さん公共に三十絡みの偉丈夫で、腕っ節では誰にも引けはとらないときている。

──こいつらと行き合ったら、運が悪かったと思うしかない。

まともな町の者は二人を相手にせず、時に小遣い銭を与えてやり過ごすのを常としている。

そうしていると、こ奴《やつ》ら以外の者に絡まれたら、

「お前らが出しゃ張るんじゃあねえ！」

と、相手を痛めつけて追い払ってくれたりもする。

二人の義俠心《ぎきょうしん》によるものでないのは明らかだが、

──役に立つこともあるから、仕方がないか。

と、誰もが諦めているのだ。

そうして、ころ助は今日も居酒屋で店の者に絡んでいた。

それを快く思わぬ勇み肌もいて、ころ助に厳しい目を向けたものだが、

「おう、何でえ、お前のその目は何だ。気にくわねえ面《つら》ァしやがって、ヘッ、まさかおれに喧嘩《けんか》を売っているんじゃあねえだろうな。この、でこ助がよう！」

と、凄《すご》まれると、

「いや、そんなんじゃあねえよ……」

引き下がるしかない。

ころ助とさん公は、けちな三下奴《さんしたやっこ》であるが、近頃はこの勢いにあやからんと、俄乾《にわかこ》分《ぶん》が三人ばかり引っ付いて廻るようになっていた。

凶暴な上に、乾分まで引き連れているとなれば関わりたくはない。

「しゃらくせえや！」

ころ助は引き下がった勇み肌にさっと近寄ると、いきなり蹴り飛ばした。

皿や小鉢が割れる音が鳴り響いたと同時に、蹴られた勇み肌は悶絶《もんぜつ》した。

「けッ、ざまあ見やがれ。おう、早く熱いのを持ってこねえか！　のろま野郎が！」

ころ助はまたひとつ吠《ほ》えると、長床几《ながしようぎ》に腰を下ろして、煙管《きせる》を咥《くわ》えた。

居酒屋の内は、しんと静まり返ったが、薄ら笑いを浮かべる乾分達を尻目に、

「兄弟、この辺りであんまり目立った真似《まね》はしねえ方が好《い》いぜ」

さん公が囁《ささや》いた。

「何でえさん公、お前今日はやたらと大人しいじゃあねえか。どこか具合でも悪いのかい」

「いや、そんなんじゃあねえが、ここは本所の入江町《いりえちよう》だ……」

「そんなこたあわかっていらあな。入江町ならどうだってえんだ？」

「ここは、丑寅《うしとら》の親分の縄張り内だ。あんまり図に乗ると、痛い目に遭うから、ほどほどにしておかねえとよう」

「丑寅の親分だと？　さん公、お前いつからそんな情けねえ野郎になったんだ」

ころ助は鼻で笑った。

本所入江町界隈は、確かに丑寅の亥助《いすけ》という博奕打《ばくちう》ちの縄張り内である。名を見ただけでも荒くれを思いおこさせるやくざ者であるが、今は五十をとっくに過ぎていて、

「ふん、丑寅が聞いて呆《あき》れるぜ。何も縄張り荒らしているわけじゃああるめえし、あんな老いぼれにびくびくしていちゃあ、こっちの渡世がすたれちまうぜ」

と、その勢いは止まらない。

やくざ者は力あってのものだ。

こっちの強さを見せつけておけば、

「近頃噂《うわさ》に聞く、ころ助ってえのはお前かい？」

丑寅の方から近付いてくるというものだ。

「お前の生きのよさを気に入ったぜ。おれが好い儲《もう》け話を世話してやるから、この辺

りで男をあげな」

そのうちこんな話になって、自分達も貸元の仲間入りが出来るかもしれないではないかと、ころ助なりに損得勘定をしているのだ。

成り上がっていく者は、なりふり構わず、どこかで一勝負かけねばならないと、ころ助は思っている。

「初めのうちは粋《いき》がって、頃合を見て頭を下げりゃあ好いんだよ」

ころ助は、小声でさん公を宥《なだ》めるように言った。

「なるほど、それが渡世人の知恵ってわけかい。ころ助、お前もこれでよく考えが回るんだなあ」

さん公は、なるほどと頷《うなず》いて、

「おう！　早く持ってこねえか！　まったく気が利かねえ店だぜ」

ころ助に続いて、店で雄叫びをあげたのである。

「やかましい！」

その時、店の外から破落戸達を叱りつける声がした。

野太い声は、いかにも強そうな響きだが、ころ助とさん公は調子付いている。

「誰でえ！　今ぬかした奴は……」

「やかましいとは、おれ達に言ったのかい？」

文句があるなら受けて立ってやると、縄暖簾《なわのれん》の向こうを睨《にら》みつけた。

引き連れていた乾分三人も、ここぞと二人に従った。

「お前達に言ったのだ。この破落戸共が」

声の主はすぐに姿を現した。

四十絡みの武士で、袖無し羽織に革袴《かわばかま》。一目で武芸者と知れる風情を醸していた。

武士は、門人らしき一人を連れている。こちらは三十半ば。重厚な木綿の小袖に袴を着し、油断のない物腰。

ころ助とさん公は、さすがに怯《ひる》んだが、二人は日々体を張って生きている。下手《へた》に引いては世間からなめられてしまう。

強そうではあるが、相手は二人だ。

以前にも二本差とは、何度か渡り合ってきた。大抵はこけ脅しで、いざやり合うとあっけなく逃げ出した者がほとんどであった。

「この店がのろま揃《ぞろ》いだから文句を言ったただけだ」

「おれ達は、声を張りあげちゃあいけねえんですかい？」

二人は凄んでみせた。

少しばかり控えめな物言いをしたのは、二人の武士がいつものこけ脅しとは一味違うと感じたからであろう。

「声を張りあげるのなら外で吠えろ。お前達は文句を言っているのではない。脅しをかけているのだ」

武士は落ち着き払っていた。

「ふん、旦那には関わり合いのねえことだ」

「うっちゃっておいておくんなせえ」

ころ助とさん公は嘯《うそぶ》いてみせたが、

「この店は、我らの行きつけ。それゆえ黙って見てはおられぬというのだ」

「だったらどうするねえ」

「力尽《ず》くで黙らせるってえのかい」

「ならばそういたそう……！」

押し問答はここで終った。

武士とその供連れは、さっところ助とさん公に身を寄せると、二人の鳩尾《みぞおち》にそれぞれ拳を突き入れ、

「うッ……！」

と、前のめりになったところを、襟首を摑《つか》んで店の外へ放り投げた。

電光石火の早業であった。

乾分達三人は、格段の強さにわなわなと震え、算を乱して逃げ出した。

武士二人は表へ出ると、

「この屑共《くずども》が！　思い知れ！」

地面に這《は》う、ころ助とさん公を容赦なく痛めつけた。

破落戸二人を怒りの目で見ていた連中も、余りの凄《すさ》まじさに思わず目をそむけたくなるほどであった。

この騒ぎに、近くの番屋から番人が駆けつけてきたが、ぼろ雑巾のようになって道端に転がっているのが、近頃悪名を轟《とどろ》かせている、ころ助とさん公だと知り、目を丸くして二人の武士を見た。

「こ、これは……」

武芸者風の武士は、ゆったりとしてにこやかな表情となり、

「これはよいところに来てくれたな。某《それがし》は、揚心流《ようしんりゅう》剣術指南・木原康右衛門《きはらやすえもん》と申す。この居酒屋に立ち寄ったところ、この者共が狼藉《ろうぜき》を働いていたゆえ、ちと懲らしめた。すまぬがごみを片付けてくれぬかのう」

そう言い置いて再び店に入った。

弟子らしき武士は、そっと番人に小粒を握らせると、呻《うめ》き声をあげているころ助とさん公を見て、

「この先、入江町界隈をうろうろするな。今度会《お》うたら首を刎《は》ねるぞ……」

低い声で告げた。

その様子をそっと窺《うかが》っていた町の男が、唸《うな》り声をあげた。

「木原康右衛門……。ふん、何がちと懲らしめただ」

男は、南町奉行所隠密廻《おんみつまわ》り同心、芦川柳之助《あしかわりゅうのすけ》の手先を務める密偵・九平次《くへいじ》であった。

（二）

本所入江町の盛り場で、そのような騒ぎがあった翌朝。

八丁堀《はっちょうぼり》の芦川家組屋敷に、南町奉行所定町廻《じょうまちまわ》り同心・外山壮三郎《とやまそうざぶろう》が訪ねていた。

壮三郎は、言わずと知れた芦川柳之助の盟友にして、正義感に溢《あふ》れた硬骨の士である。

この度の柳之助、千秋《ちあき》の潜入においては、木原康右衛門の道場から目を離さず、取

り調べを続けて、夫婦と密《ひそ》かに繋《つな》ぎをとっていた。

向島《むこうじま》の村井庫之助《むらいくらのすけ》の道場には、芦川家の小者・三平《さんぺい》と、密偵の九平次が、近在の百姓や物売り、文人墨客に扮《ふん》して近付き、結文《むすびぶみ》のやり取りを続けていたのだ。

それゆえ、壮三郎は時に芦川屋敷へ出向き、ここで探索の経過や、これから先の動きの確認をするのだが、

「壮さんが訪ねてくださると、何やらほっとしますよ」

という、柳之助の母・夏枝《なつえ》を慰労する意味が多分に込められていた。

息子夫婦が隠密廻りの役儀をこなしている間は、屋敷を留守にするので、気丈な武家の女とはいえ、後家となって臨時雇いの奉公人達と屋敷を守るのは、何かと心細いだろうと、やさしき壮三郎は気を遣っていた。

心細いといっても、芦川家の女中のお花《はな》は、妻女の千秋に引けをとらぬほどの武芸の練達者である。

おまけに、朗らかで口数も多いゆえ、夏枝に不自由はないのだが、偉丈夫で〝古《いにしえ》の豪傑〟を思わせる壮三郎に、

「小母様《おば》、御機嫌うるわしゅうございますかな？」

などと、いかにも誠実そうな口調で声をかけられると、思わず笑みがこぼれるので

ある。

さらに、お花の心の内を穏やかにしてやる必要にも迫られる。

柳之助の隠密廻りの仕事に付き添う千秋に、お花は子供の頃から仕えてきた。

千秋の実家である扇店〝善喜堂《ぜんきどう》〟では、千秋付きの女中で、彼女もまた店の裏の顔である〝将軍家影武芸指南役〟の門人として、あらゆる武芸を仕込まれた。

このところは、千秋を助けてその成果を遺憾《いかん》無く発揮してきたお花である。

いつしかそれが快感となって、

「わたしの出番は、いつ巡ってくるのでしょう……」

柳之助に密令が下る度に、心を逸《はや》らせている。

「お花、今はまだそなたが出張る時ではない。落ち着いて屋敷内での用をこなすように」

壮三郎は夏枝を喜ばせ、お花に事情を説き、先走らぬよう、戒めてやらねばならぬのだ。

まず夏枝への御機嫌伺いをすると、それからは表の一間に、お花、三平、九平次を集め評定《ひょうじょう》を開く。

ここで、九平次から昨夜の本所入江町の一件が報《しら》された。

「左様か、木原康右衛門が破落戸二人を懲らしめたか……」

壮三郎は苦笑した。

見た目には、行きつけの居酒屋に入ったところ、ころ助、さん公が店で暴れていたので叩《たた》き出したように映るが、

「どうせ、処《ところ》の者に頼まれてしたことであろうよ」

としか思えない。

「仰《おっ》しゃる通りで……」

九平次は神妙に頷いた。

木原康右衛門が、門人と共に破落戸退治をした後、色々と調べてみると、件《くだん》の居酒屋が行きつけの店というのは方便であったと知れた。

ころ助とさん公が、居酒屋に来るというのをどこからか聞きつけ、初めから痛めつけてやるつもりで店に行ったようだ。

康右衛門が、居酒屋をすぐに出て、近くの料理茶屋へ河岸《かし》を変えたのを、九平次は見届けていた。

「さすがだな……」

壮三郎は、九平次の調べに満足していた。

「その料理茶屋に、誰か訪ねていたか？」

「へい。丑寅の亥助が、たまさかいたようでございます」

「なるほど。たまさかにな……」

偶然に店で出会い、亥助が康右衛門の武勇を知り挨拶に出向いた――。

表向きはそうしているのだろうが、これはそもそも亥助が康右衛門に頼んだことに違いない。

かつては暴れ者として恐れられた亥助も、近頃では勢いが衰えている。

そこを、ころ助、さん公といった新興のやくざ者が衝《つ》いてのし上がらんとしていた。

ころ助は、己が強さを誇示すれば、それを上手《うま》く使わんとして、亥助が折れてくるのではないかと踏んでいたが、亥助はそれが出来るほど、人としての器は大きくなかった。

力でくるなら、力で叩き潰さんとして、木原康右衛門に、

「先生、ちょいと痛めつけてやってくださいませんかねえ」

と、金を積んで持ちかけたのに違いない。

康右衛門にとっては、楽な儲け仕事であったはずだ。

怪しげな道場の門人達にさせておいてもよかったであろうが、それでは無頼の浪人

と破落戸の喧嘩になってしまう。

ここは、旗本屋敷の内に剣術道場を構える木原康右衛門が出張ってこそ、埒《らち》が明くのであろう。

康右衛門は剣客としても名が通っているし、荒くれ浪人の頭目として、本所、深川《ふかがわ》辺りで恐れられている。

本所入江町で、康右衛門が暴れたとすればしばらくこの辺りで力を誇示する輩《やから》は現れまい。

そこを巧みに丑寅の亥助は利用したのである。

「連れていたのは、森岡利兵衛《もりおかりへえ》という浪人者です」

九平次の調べでは、利兵衛も木原道場の門人の一人で腕が立つ。

大勢引き連れていかずとも、康右衛門には利兵衛一人で十分に用が果せるのだ。

「木原康右衛門……。よく働くものよ」

壮三郎は苦々しい表情を浮かべた。

康右衛門が小遣い稼ぎに暴れたのは明らかであるが、破落戸を叩き伏せたくらいのことで罪には問えない。

丑寅の亥助もろくな男ではないが、どこにでもいる博奕打ちの親分で、ころ助、さん公よりは性質《たち》が悪くない。

こんな男とも繋がっていると知れたのは、ひとつの収穫であるが、実態を摑めたとは言えまい。

「大した調べもできねえで、面目次第もございません」

九平次は申し訳ないと頭を下げてみせたが、壮三郎は真顔で頭を振って、

「いや、これでまた、木原康右衛門がろくでもねえ野郎だってことがわかったんだ。よくやってくれたよ」

九平次を労《ねぎら》った。

「そのうち、柳之助と千秋殿が何かを摑んでくれるさ。焦っても仕方があるまい」

「畏れ入ります……」

三平はいちいち相槌《あいづち》を打って、壮三郎からの指図を待っていたが、お花はすぐにでも木原道場に乗り込みたくて、うずうずとしている。

「旦那様は、上手く村井先生の懐《ふところ》に入られたようですが、どうなんでしょうねえ。村井先生は死んだ須田桂蔵《すだけいぞう》というお弟子から、何か聞いていたんですかねえ」

と、もどかしそうに壮三郎に問うた。

「さて、それは五分五分というところだが……」

「何か聞いていたなら、木原道場は村井先生に探りを入れてくるかもしれませんが、そこはどうなんでしょう？」

お花はなかなかに思慮深い。

奉行所が村井庫之助から目が離せないように、木原康右衛門も、庫之助の動向が気になっているかもしれないのだ。

「確かにそなたの言う通りだが、木原の方は須田桂蔵の口から、村井庫之助という剣客に弟子入りをしていたことを聞いてはおらなんだようだ」

奉行所は既に、木原道場に通う荒くれ浪人達に調べを入れていた。

その結果、須田桂蔵が出入りしていたことすら知らぬ者もいたし、村井庫之助が木原道場に対して、弟子の死の真相を問いに現れたこともなかったと思われた。

「まず、聞いていたとしても、眼中にないというところであろう」

柳之助と千秋からは、庫之助の様子を窺う怪しい影はひとつも見当らぬとの報せがきている。

もしも庫之助が弟子の死の真相について、うるさく言い出せば、

「その時は、老いぼれの口を塞いでやる」

と、なるかもしれないが、今のところ庫之助にそんな様子は見られないという。

「まどろこしいことをしていないで、どちらかが仕掛けてくれたら、わたしにも出番が廻ってくるってもんなのですがねえ……」

お花は嘆息した。

一方、柳之助と千秋はというと、今は庫之助について、庫之助の息子・栄之助《えいのすけ》の剣術道場に向かっていた。

（三）

神道一心流《しんとういっしんりゅう》剣術指南・村井庫之助の長男・栄之助が師範を務める剣術道場は、芝《しば》の高輪北町《たかなわきたまち》にある。

栄之助は現在三十歳。

五年前に父・庫之助の許《もと》から離れ、この地で己が道場を開いた。

千秋に自慢していたように、栄之助は若い頃から剣技抜群で、

「さすがは村井先生の御子息だ」

と、いつも周囲を唸らせていた。

しかし本人は、村井庫之助を父に持ったことに誇りを覚えつつ、

「村井庫之助の跡取り」

と思われることにいささかの反発を覚えていた。

「栄之助には、栄之助の剣術がある」

父に剣術を習い、神道一心流を極めた感がある栄之助であるが、庫之助の模倣とは思われたくなかった。

二十五の時には、庫之助と互格に立合えるようになった。

それからは己が剣を確立するために精進《しょうじん》すべきだと、向島の道場を出たのである。

庫之助は、それも息子の剣術にかける想《おも》いの表れであると、栄之助の成長を喜び、道場開きには金銭の援助もしてやった。

「栄之助も独り立ちをしたのだ。自分が口を挟むべきではない」

高輪で道場を開いたのは、父の道場から遠く離れ、世話にはならぬという意思表示なのであろう。

無闇に訪ねぬ方がよいと思っていた。

行けば自分も剣客である。あれこれ物申したくなる。

それは避けねばならないのだ。

栄之助も父の気持ちがわかっている。

道場を開くに当っては、援助をしてもらった義理もあるから、物日には庫之助の許を訪れ、己が現状を伝えていた。

それによると、道場を開いてすぐに門人が押し寄せ、近くの武家屋敷からも、出稽古の依頼が舞い込んできて、

「恙無《つつがの》う、日々を努めておりますので、大事はございませぬ」

と、自信に充《み》ちた物言いで、庫之助を安堵《あんど》させたのだ。

庫之助は満足をした。

剣客として妻子を養っていくのは、大変な苦労があったが、長男を立派な剣士にして世に送り出したのであるから、その苦労も報われたというものだ。

「しばらくの間は、ひたすら道場で稽古に励むがよい。出稽古も声がかかれば断るな。指南することで己が剣が上達するものだ。それを忘れるなよ」

庫之助は栄之助を諭し、励ました。

父としては、何よりも誇らしく楽しい瞬間であった。

「おれのことは気にかけずともよい。村井庫之助も、まだまだ修行の身ゆえ、互いに慰め合うような真似はしとうない」

向島には訪ねて来るなと、上機嫌で告げたものだ。

そんなこともあって、栄之助は三年もの間、庫之助の前に姿を現さなかった。

「それでは一度、そっと訪ねてさしあげたらいかがでしょうか……？」

息子自慢と共に、そんな話を聞いた千秋は、食事を届ける一時《いっとき》に、勧めてみた。

千秋の目から見ると、突き放すことで、息子を一人の剣客として認めている風ではあるが、その実《じつ》心の内では、

「しっかりと道場を切り盛りしているのであろうか」

と、案じているように思える。

息子自慢はその裏返しで、人に自慢することで、自分の言に従って訪ねてこない栄之助への不安を払拭せんとしているのに違いない。

「いや、わたしが訪ねてくるなと言ったのだ。会いに行くなど、できるものではない」

庫之助は、千秋の提言を一笑に付したが、

「お言葉ではございますが、栄之助さまは尚《なお》のこと、ここへ訪ねてはこられないはずでございます」

千秋はさらに言葉を継いだ。

「何かお困りごとを抱えておいでかもしれません。何年もお会いになっていないので

あれば、この辺りで先生の方から、訪ねてさしあげたとてよいと思いますが……」

庫之助は頭を振ったが、その瞳の奥には迷いが窺い見られた。

明らかに千秋の言葉が胸に沁《し》みたようであった。

千秋はそれを確信して、

「ああ、これは余計な話をしてしまいました。ご無礼をお許しくださいませ。もし高輪へお行きになるのなら、栄之助さまにも一手ご指南をちょうだいできるかと、夫が申しておりましたので、つい……」

慌ててその場を引き下がった。

庫之助は苦笑いを浮かべたが、何か言いたげであった。

すると翌朝となり、

「昨夜、ようよう考えてみたのだが、あき殿が言ったことは確かにその通りじゃ。今日はひとつ高輪へ倅《せがれ》を訪ねてみようと思う」

庫之助は、少しばかり照れた表情で、あきこと千秋に告げた。

「本当にございますか？」

千秋は、飛び上がらんばかりに喜んで、

「何卒《なにとぞ》、お供をさせてくださりませ。夫も喜びまする」

庫之助に願い出た。

「うむ、付いてくるがよい。倅に一手指南させよう。時には稽古場を変えてみるというのも、隆三郎殿にとっては気分が又引き締まり、好いようにことが運ぶかもしれぬによってのう」

庫之助は存外に、あっさりと同道を許した。

芦田隆三郎、あき夫妻を供にして訪ねる方が、気が楽だと考えたのであろう。

柳之助と千秋の策が、見事なまで図に当ったのだ。

村井庫之助の道場に潜り込んで、十日が過ぎていた。

その間に、二人は庫之助が体に不調を抱えているのではないかと、疑いを抱くようになっていた。

気合がのっている稽古中。

庫之助は、ふと手を休めることが何度かあった。

平静を装っているが、どこか苦し気に見えた。

夫婦は、そんなことにはまったく気付いていないというふりをして、庫之助の様子を陰からそっと窺ってみると、老師は時折、胸を押さえて屈《かが》み込んでいるのがわかった。

「あれはきっと、心の臓が悪いのに違いなかろうよ」

「はい。わたしもそう思います」

人には見せねど、庫之助には以前から心の臓の発作が起こる兆候があったのではなかったか――。

それが近頃、胸が苦しくなる頻度が増してきた。

このままでは、自分の体はいつまで持つか知れない。

まだ自制が利く間に、己がやり残したことを果しておきたいと、思うようになった

のに違いない。

そう考えると、

「ちと思うところあって……」

そう言って道場を閉めてしまったのは納得がいく。

十年前に愛娘《まなむすめ》のあきが亡くなり、後を追うように妻の奈津《なつ》も亡くなった。

「三人の子供達も立派に育った今は、いよいよ剣に死ねる。晴れ晴れとした想いなの

じゃよ」

と、思わず己が心中を洩《も》らした庫之助であるが、言葉の端々に〝死〟を匂わせるの

は、余命幾ばくもないと悟り、

「剣客らしく、真剣勝負に身を置いて、存分に働いてやる」

と、決心しているのに違いない。

やはり、庫之助は須田桂蔵の死の真相を知っていて、仇討《かたきう》ちをしてやろうと心に誓っている。

柳之助と千秋は、そう思わずにはいられなかった。

そうなれば、決行の日を窺い見て、その場に乗り込むのが手っ取り早いが、出来うれば、

「まず村井先生の信を得て、先生の口から真実を語ってもらいたい」

と、二人は考えていた。

自分達の本当の姿を明かして話を聞くかどうかは、その時の状況次第であるが、事情がわかれば、こちらも念入りに木原道場を追い込める。

となれば、今よりも尚、村井庫之助の懐の内に入らねばなるまい。

高崎松平《たかさきまつだいら》家家中の芦田隆三郎《あしだりゅうざぶろう》としては、半年の内に庫之助から目録を得たいと願いを伝えているが、心の臓に不安を覚えていたとすれば、本懐を遂げるため、一月《ひとつき》もせぬうちに隆三郎に目録を与えて道場から追い出すつもりでいるのかもしれない。

そうなると、栄之助の道場にいる間は、刻《とき》を稼げるし、庫之助の懐の奥へ入る好機

であった。

厳格な武芸者かと思われた庫之助であったが、近付いてみると子供への情愛が人一倍深く、それを胸に秘めて生きている父親であると知れた。

今、死を決して気合を入れているならば、その前にもう一度子供達に会っておきたいはずだ。

柳之助と千秋は、そこを徹底的に衝《つ》こうと策を練ったのだ。

高輪への道中、庫之助はいつになく多弁であった。

「栄之助は、わたしよりも厳しいゆえ、覚悟いたされよ。ははは、というても、とって食おうとはせぬがな。これでなかなかに、指南の方も悪うはない。ためになると思いまするぞ」

さりげなく息子自慢を挟みながら、栄之助の剣の特長や、人となりについて詳しく語ったものだ。

彼の真剣による型稽古を見ていると、底知れぬ強さを垣間見《かいまみ》て、恐怖すら覚える時があるのだが、剣術の奥深さとは相反して、日頃は子供のような無邪気さを見せ、行動の真意が容易に読める一面がある。

庫之助は、久しぶりに長男の栄之助に会うことが、いかにも楽しそうであった。

千秋は、隠密廻りの方便とはいえ、庫之助が息子の道場に顔を出さんとする気になったのは、真《まこと》に喜ぶべきことだと素直に思っていた。

しかし柳之助は、庫之助の多弁は、逸る心を抑えんとするためだけではなく、

——久しぶりに息子に会う不安もまた消し去りたいのであろう。

と見ていた。

「便りのないのは無事の証《あかし》」

そう思い切れない、親ならではの哀愁を発している気もする。

便りのないのは無事だと思ってみても、息子のよい知らせが、一人歩きして聞こえてこないのも考えものではないか。

——息子はその実、しっかりとやっているのであろうか。

そういう不安ばかりが過《よぎ》っているのかもしれなかった。

三人は、それぞれの想いを胸に秘め、東海道を品川《しながわ》へ向かって上っていった。

やがてやさしい浜風が、汐《しお》の匂いを運んできた。

ふと見ると袖《そで》ケ浦《うら》の海原が、圧倒する迫力で、視界に迫っていた。

水郷地で鄙《ひな》びた美しさを醸す向島の景色もよいが、高輪から品川にかけての海辺の風景もまた雄大でよい。

栄之助は己が剣を極める場として、向島とは打って変わったこの辺りを選んだのかもしれない。

三人は大木戸を過ぎて、高輪北町へと入った。

（四）

村井栄之助の道場は、寺と武家屋敷が並び建つ、小高いところにあった。

五十坪くらいの敷地に、三十坪ほどの稽古場とそれに付属する居室、他は庭になっている。

木戸門に立った時、庫之助はそこから見渡せる秋の海を眺めて、

「うむ……」

眩《まぶ》しげな表情で、心地よく頷いた。

「ここへは道場開きの折に来たきりであったが、これほどまでによい眺めであったかのう……」

ここから日々海を眺め、修行に励んだのであろう息子を思うと、感慨深いものがあるらしい。

「わたくしも、何やら体に力が漲《みなぎ》ってきたような気がいたしまする」

芦田隆三郎こと、芦川柳之助は神妙に畏《かしこ》まってみせた。

「先生の御子息に一手御指南いただけるとは、思いもよりませなんだ」

「まず固くならずともよろしい」

庫之助は、柳之助の肩を軽く叩くと、夫婦を引き連れて門を潜《くぐ》ったのだが、

「何やら静かじゃのう……」

怪訝《けげん》な顔をした。

まだ正午までには、十分な刻があるというのに、稽古場から雄々しき掛け声や、床板を踏み鳴らす音が聞こえてこないのだ。

「お弟子を連れて、どこかへお稽古にお行きになっているのでは」

千秋が言った。

「なるほど、そうかもしれぬな。いきなり訪ねてきたゆえに、すれ違《ちご》うたのかもしれぬ」

庫之助は当惑の色を浮かべた。

「いえ、無理を申し上げて、付いて参ったのでございます。待たせていただけるものならば、いくらでもお待ち申し上げます。それもまた修行の内と心得おりまするゆ

え」

柳之助は、力強く言った。

庫之助はふっと笑って、

「ひとまず稽古場へ参ろう」

と、出入り口へと進んだ。

開け放たれた板戸の向こうでは、三人の門人が黙念と木太刀を揮っていた。

その中の一人が庫之助を見て、

「これは……、大先生で……」

慌てて寄ってきた。

この門人は、地田伊兵衛《ちだいへえ》という三十前の浪人で、以前一度だけ栄之助が向島に連れて来たことがあった。

栄之助にしてみれば、高輪で新たな弟子が出来たのを庫之助に見せておきたかったのであろう。

その折は、庫之助も伊兵衛に稽古をつけてやったが、連れて来るだけあって、なかなかに筋がよかった。

「おお、久しいのう。そなたは確か、地田殿であったな」

庫之助は、息子の弟子に対しても丁寧な口を利く。

伊兵衛は感じ入って、

「覚えていてくださりましたか。これは畏れ入りまする」

恭《うやうや》しく座礼をすると、ぽかんとして見ている他の若い二人を振り返って、

「これ、先生のお父上がお越しじゃぞ」

と告げた。

若い二人は、慌てて伊兵衛に倣ったが、

「畏まらずともよい。稽古を続けてくれ」

庫之助はにこやかに声をかけると、ひとまず伊兵衛の案内で、稽古場に続く書院の一室へ、柳之助と千秋を伴って入った。

伊兵衛は、三人を部屋へ請じ入れると、

「すぐに茶のお仕度を……」

てきぱきと立ち働かんとしたが、

「いえ、我らにはどうぞお構い御無用に願います」

柳之助と千秋は恐縮の体で頭を下げた。

「喉が渇けば、勝手に茶を淹《い》れて飲むゆえ、構わぬでくれ」

庫之助は伊兵衛を制すると、

「栄之助はおらぬのか？」

彼に問うた。

「左様でございました……」

伊兵衛は、まずそれを話すべきであったと低頭したが、話し辛《づら》いことを後廻しにして、間をとりたかったらしい。

栄之助が道場を空けている理由を、よい具合に取り繕っておこうと考えていたのに違いない。

「ただ今は、ちと外へ出られております」

伊兵衛は、しどろもどろになって応えた。

「出稽古か？」

「いえ……、そうではないと……」

「ならば、遠くには行っておらぬのだな」

「は、はい……。恐らく浜辺に出て、抜刀の稽古など、なされておいでかと存じまする」

「抜刀の稽古のう……」

弟子に行く先も告げず、ふらりと道場を出たようだ。

庫之助は、別段、栄之助の不在を嘆いたりせず、泰然自若としていたが、二十人くらいの門人が汗を流していて、方々の武家屋敷へ忙しく出稽古に赴いている息子の姿を思い描いていたゆえに、いささか拍子脱《ぬ》けをした感があった。

息子自慢をした手前、庫之助も決まりが悪かろうと、

「抜刀の稽古を浜辺で……。大海を前にすると、また力が湧くものでございましょうな。先生が朝、稽古場で抜刀されているのを拝見いたしますが、若先生もまた力を入れられていることと存じまする」

柳之助は、大仰に感じ入ってみせた。

傍らで千秋も相槌を打った。

伊兵衛はそれに救われたようで、

「いかにも。海が見える松林が、先生のお気に入りにござりまする」

笑みを浮かべながら言った。

そこへ、稽古場に人の気配がして、

「ちょうどよろしゅうございました。ただ今、お戻りのようでございます……」

伊兵衛はほっと息をついた。

栄之助が道場に戻ったようだ。

（五）

それから、芦川柳之助は稽古場へと出て、千秋は廊下から夫の姿を観《み》た。

しかし、彼女の耳は書院の一室で、久しぶりの対面を果した、村井父子の会話を何とかして聞きとろうとしていた。

道場に戻った栄之助は、庫之助の姿を見て驚いた。しかも見覚えのない夫婦を連れている。

庫之助は、ゆえあってかつて世話になった高崎の松平家家中の士に稽古を付けて、それなりに遣《つか》えるようにしてやらねばならなくなった。

折も折なので、久しぶりに栄之助に会い、栄之助にも指南してやってもらいたいと思いやって来たのだと、柳之助と千秋を引き合わせた後、父子で積もる話をすることになったのである。

「一度、わたしの方から父上に会いにゆかねばならぬと思うておりました」

対面すると、栄之助はまずそう切り出した。

久しぶりに会うというのに、栄之助は不満そうな表情をしていた。

わからぬことはない。

栄之助にとっては実家である向島の道場を、庫之助は何の前触れもなく閉めてしまったのである。

その噂は当然、栄之助にも届いていた。

「道場を閉めたと知っても、父上はしばらく向島には帰ってくるな。高輪で励めと申されましたゆえ、帰っていいのやら、迷うておりましたよ」

「ふふふ、すまなんだな。そのうちにここへ訪ねてこようと思いながら、なかなかに忙しゅうてな。さりながら、道場を近々閉めるつもりだとは、文《ふみ》に託《ことづ》けて告げたであろう」

「はい。〝思うところあって〟とありましたが、それではあまりにも言葉足らずではございませんか」

「そうであったな。心配をかけぬようにとのつもりが、かえって気を遣わせたようじゃ」

庫之助は頭を掻《か》いたが、

「時に栄之助」

「はい」

「父が道場を閉じ、一切の出稽古も止《や》めたと聞いて、お前もそれに倣ったのか」

と、問い返した。

「父上に倣ったわけではござりませぬが、わたしも〝思うところ〟があってというところでございます」

栄之助は苦笑した。

庫之助が高輪の道場に来てみれば三人しか稽古場にはいない。

栄之助は出稽古に行っているのかと思えば、浜辺で抜刀術の稽古を一人でしていたという。

わざわざ訊《き》きはしないが、門人の地田伊兵衛の口ぶりでは、現在特に栄之助が出稽古に請われている様子は見受けられなかった。

以前、栄之助が庫之助に報せていたことが、ここ二、三年ですっかり変わってしまったのか、そもそもあれは親を安心させるための方便であったのか。庫之助には解せないのだ。

栄之助には庫之助のそんな想いがよくわかるゆえ、どうも気まずいらしい。

「〝思うところ〟があったか……」

「まず、そのようなところでござりまする」

〝思うところ〟とは何なのだ。はっきり言えと叱りつけたいが、では父上の〝思うところ〟は何かと問われたら、庫之助も息子に訊《たず》ね辛くなる。

だが、庫之助は命をかけた、剣客としての最後の大一番に挑もうとしている。

大人になったといっても、まだ三十歳の栄之助とは、同じ〝思うところ〟でも重みが違うのだ。

そして、庫之助には栄之助の〝思うところ〟が透けて見える。

「〝思うところ〟というのは、己の意思によるものじゃ。お前の場合は〝思いもよらぬ〟というべきものではないのか」

庫之助は、真《ま》っ直《す》ぐな目を栄之助に向けた。

この道場には一度しか来ていないが、道場を開いてから、十数人の弟子が入門し、旗本、大名家への出稽古の口も二ヶ所ほどあったはずだ。

それらは、庫之助がそっとお膳立てしてやったものであるだけに、誰よりもよくわかっている。

親の目から見ても、栄之助はなかなかに剣の腕が立つ。

ある程度基盤をつけておいてやれば、そこからさらに弟子も増えるであろう。出稽古もその場その場の教授でなく、指南役として迎えられるかもしれない。そうでなくとも、赴く屋敷の数も増えるに違いない。

そのように考えていたというものを――。

栄之助は、明らかに道場の経営に躓《つまず》いている。

長年、向島の道場を切り盛りし、常に幾つもの出稽古先を確保してきた庫之助から見ると、

――倅は、剣客としてやっていけるのであろうか。

と、心配になる。

しかも、栄之助は稽古を疎かにして遊び呆《ほう》ける男ではないゆえ、師範としての資質に欠けるのではないかと、ますます案じられるのである。

栄之助は既に齢《よわい》三十である。

「今、弟子は何人いるのだ？」

「五人です」

「出稽古先は？」

「ございません」

「何ゆえ、そうなったか、わかっているのか？」

「大凡《おおよそ》は……」

「左様か」

「弟子への指南が厳し過ぎたのかもしれませぬ。さりながら、それを悔いてはおりませぬ。弟子におもねるつもりはござりませぬゆえ」

栄之助は、きっぱりと言った。

「うむ、それならばよい」

庫之助は頷いてみせた。

栄之助は独り立ちをしたのだ。

己が信念を貫けばよいし、自分がとやかく言うことはない。

悔いがないならそれでよい。

——口はばったいことをぬかしよって。

庫之助は、栄之助の態度が気にくわなかったが、親の欲目というものであろうか。

一方では己が意思を持ち、失敗を恐れぬ姿に満足を覚えてもいた。

妻子を養うためには、叩き伏せてやりたい出来の悪い弟子も、気長に指南をしてやらねばならなかった。

その時のことを思うと、

「出ていきたければ出ていくがよい」

栄之助の弟子への接し方は、痛快ではないか。

自分と違って、息子は独り身を続けているのだ。捨て身で生きていける。

それを考えると羨ましくもあった。

父に何か説教を受けるかと思いきや、意外にも賛同してくれた。

栄之助の表情も和んだ。

「ありがとうございます……」

彼も素直に頭を下げて、

「わたしの〝思うところ〟とは、どこまでも己の術を突きつめることにございます。無論、父上から学んだ術は、ないがしろにはしておりませぬ」

己が抱負を熱く語っていた。

「己のことを省みずに申し上げるのも心苦しゅうございますが、父上がわたしを案ずるがごとく、わたしも父上の御決心がいかなるものなのか、気になっておりまする」

さらに栄之助は、父が俄に道場を閉じたことに言及した。

気持ちが落ち着くと、そこは肉親である。

父の〝思うところ〟に不穏なものを覚えたのだ。息子としては、聞き捨てならぬ言葉だといえよう。

それは庫之助にもよくわかる。

本音を言うと、命をかけた戦《いくさ》の場に身を投じんとしているゆえに、その前に息子に会っておきたかったのだ。

そして息子が何かに行き詰まっていたり、難儀に直面しているのなら、助け舟を出してやりたい――。

庫之助にとっては自慢の息子である。剣客として、ひとつの曇りがあっても許されないのが心情だ。

「ははは、これはちと思わせぶりであったかのう。確かに言葉足らずであったな」

庫之助は苦笑いを浮かべて、

「〝思うところ〟というのは、老境に入った今、己が剣の極意を確かなものにしたい。そういう意味じゃよ」

ひとまずその場を取り繕った。

「父上の剣を、この辺りで極める。そうお考えで……？」

「いかにも。己が剣を見つめ直さんとすれば、余のことに力を注いでいる間などない」

「なるほど。それならば合点がいきます」

栄之助は深く感じ入った。

出来の悪い弟子を教えたり、遠方の武芸場に出稽古をすれば、貴重な刻が失われてゆく。

栄之助はそれが嫌で、弟子を減らし、出稽古なども止めてしまったのであった。

――つまるところ、倅は師ではなく、一剣士として修行に励みたいのであろう。

庫之助には、そんな栄之助の考え方に納得出来ぬところもあるが、今は自分の〝思うところ〟を詳しく語りたくはなかった。

「わたしも安堵いたしました」

気性が激しく、頑《かたくな》なところがある栄之助であるが、にこりと笑えば目尻が糸のようになる。

愛敬《あいきょう》のある笑顔を見ると、嬉《うれ》しくなって少々のことはその場で許してしまう。

庫之助の目には、村井道場において、相弟子達を激しく打ち倒し、その乱暴を叱りつけると、

「これは力が余ってしまいました……」

首を竦《すく》めて愛敬を見せる、まだあどけない栄之助の顔が重なって映っていた。

「されど、父上も相変わらず人がようございますな。〝思うところ〟あって、道場も閉められたというのに、夫婦連れを引き取って指南されるとは……」

栄之助は高らかに笑った。

──小癪《こしゃく》な奴めが。

腹を立てながらも、庫之助は糸のようになった息子の目を眺めながら、育てたあの日々に時を後戻りさせていた。

（六）

「芦田隆三郎殿。父から聞くところでは、貴殿の剣はまだ志半ばとか？」

村井栄之助は、庫之助から頼まれて隆三郎こと柳之助に稽古をつけることを了承した。

庫之助としては、高輪の道場を訪ねるひとつの口実となったわけだが、栄之助にしてみると、父からの頼みとはいえ、あまり気が進まなかった。

大した腕でもない隆三郎に稽古をつけるに当っては、色々と言っておきたかった。

柳之助は畏まって、

「志半ばにも至ってはおりません」

「左様か……。それしきの腕の者には、指南はいたさぬことにしているのだが、父に頼まれては是非もない」

「御指南くださりまするか」

「いかにも」

「ありがたき幸せに存じまする」

「とは申せ、某の指南はなかなかに厳しゅうござるぞ」

「厳しゅうお教えいただけたならば、この上もござりませぬ」

「よい心がけだ。指南いたす間は、たとえ一時であっても師弟でござる。隆三郎と呼ばせていただこう」

「はい。そうお呼びくださりませ」

「では隆三郎、まず型の稽古と参ろう」

「ははッ！」

柳之助は、ここでも苦労をして稽古に臨んだ。

まだ道半ばで、これから武芸の腕を上げていく若い武士を演じなければならない。

しかし、ゆったりと穏やかに、教える者の技量に合わせて指南する、庫之助が相手

なら、柳之助とて未熟を演じ易《やす》いのだが、

「それ！　そんな構えでどうする！」

木太刀をとって構えた途端に、叱責を浴びせてくる栄之助はやり辛い。

「技が伸び切っているぞ！　よし、それだ。今度は腰が浮いているぞ！　父から何を教わった！」

一旦、指南を始めると、栄之助はそれに没入してしまうらしい。

激しく叱咤《しった》し、時に励ます。

その熱血ぶりには感心させられるが、相手に考える余裕を与えないのが困る。

このように指南をされると、その叱責に思わず体が反応してしまう。

――これでどうだ！

と、つい本気になり、上手く芝居が出来なくなり、

「うむ？　隆三郎、その調子だ。実に好いではないか」

栄之助を唸らせる、本物の技を時に出してしまうのだ。

誉《ほ》められるとはッとして、また拙《つたな》い技に戻す。

すると栄之助は、

「今できたことが何故《なぜ》できぬ！」

と、いきり立つ。

真に加減が難しい。

さすがの柳之助も、気遣いつつの稽古に疲れてきた。

しかし、その疲れ具合がいかにも芦田隆三郎らしく映り、一刻ばかりで栄之助は稽古を終えて、

「型の稽古はこれまでといたそう。隆三郎、筋は悪うないが、今のままでは目録など夢のまた夢だな」

厳しい口調で伝えた。

「ははッ。肝《きも》に銘じて精進いたしまする」

平身低頭の柳之助を尻目に、今度は庫之助に視線を移すと、

「父上、今日はお泊まりくださりますか」

低い声で訊ねた。

「うむ。邪魔でなければ、そうさせてもらおうか」

庫之助はしかつめらしい顔で頷いた。

「邪魔などとはとんでもない。それならば、今日の稽古はこれまでといたそう」

栄之助は小さく笑って、彼が柳之助に稽古をつけるのを緊張の面持ちで見ていた、

地田伊兵衛以下三人の弟子達を帰した。

その上で、栄之助は、

「隆三郎、おぬし達夫婦も泊まっていけばよい。そうして、明日、立合の稽古を付けてやるゆえ覚悟いたすがよい」

さらに厳しい口調で告げた。

「型稽古は、何度も繰り返せばそれなりになろう。だが高崎の松平様の家中にあって、番方の御役を務めるとなれば、型をなぞってばかりではどうしようもない。父は我が師だ。その父から目録を授かろうというなら、立合をしっかりとこなしてもらわねばな……」

「ごもっともにござりまする。お心遣い痛み入りまする。明日はより気合を入れて稽古に臨みまするゆえ、何卒よしなに願いまする」

「うむ、その心意気を忘れぬようにな」

栄之助はそう言い置くと、

「父上、後ほど……」

一旦、自室へ入ったものだ。

庫之助は渋い表情で柳之助を見て、ひとつ頷いた。

困った息子であるが、熱心に教えているから、その辺りはわかってやってくれ――。

老師の目はそのように語っている。

柳之助は、庫之助の気持ちがわかるゆえ、

「明日もまた稽古を付けてくださるとのこと。また、ここへ泊めていただけるとのこと にて、真に忝《かたじけの》うござりまする」

嬉しそうに庫之助に頭を下げた。

「わたしも立会うゆえ、心を楽にしてかかりなさい」

庫之助はどこまでもやさしかった。

「畏れ入りまする」

柳之助は、さらに威儀を正した。

庫之助は、栄之助と今宵《こよい》は父子でじっくりと話が出来る喜びと、男として武士として、そして剣客として、息子との間がうまく嚙《か》み合っていないもどかしさを覚えていた。

それゆえ、柳之助以上に表情が晴れなかった。

柳之助は、庫之助の心中が千々に乱れていると見て、

――ここが懐にさらに入り込む好機かもしれぬ。

と、内心ではほくそ笑んでいた。

明日の立合稽古を思うと、気が重たくなるところだが、そういう感情を抑えて前を向ける余裕が出てきたのである。

――これも、何ごとにも動じず明るくいられる千秋が傍《そば》にいてくれるからこそ。

柳之助は、強妻に感謝して、廊下の隅から稽古を窺い見ている千秋の方へ、ちらりと目をやった。

これから庫之助と栄之助の父子の宴《うたげ》が始まろうとしている。

となれば、ここは千秋がその仕度をせねばなるまい。

――頼んだよ。

と、目に夫婦の情を込めたのだが、

――これはいかに。

柳之助の目に映る千秋の瞳からは、笑みが見受けられなかった。

――千秋の奴。若先生がおれに辛く当るのでちょっとばかり腹を立てているのかもしれぬ。

柳之助は嫌な予感に包まれた。

それから夫婦は稽古場から下がり、台所の隣にある一間を与えられ、それへ一旦入った。

「では、わたしが夕餉《ゆうげ》のお仕度を……」

柳之助の思惑通り、千秋はすぐに立ち働いた。

「これへ来てまでそれには及ばぬ。どこぞから酒肴《しゆこう》を取り寄せればよい」

庫之助は、夫婦の分も取って、夕餉はすませるようにと言ったが、

「まだ少し夕餉まで間がございますので」

千秋は、自分が付いて来ているというのに、仕出しなどですませるわけにはいかないと、台所にある物に、あれこれ買い足して、膳を調えた。

道場は海に近く、沙魚《はぜ》や平目《ひらめ》が手に入ったし、油揚げ、里芋などで汁を炊いて、庫之助好みの物にした。

庫之助の好みは村井家の味わいである。

「これはありがたい。代は父上からもらってくれ」

栄之助は目を細めて、ぬけぬけと言う。

それは親に甘える子の風情が出て、悪いものではなかったし、

「何だ。おれが払うのか。仕方のない奴だ」

庫之助は怒ってみせたが、どこか楽しそうであった。

「世の中は皮肉なものだな」

栄之助は、仕度をする千秋を見ながらぽつりと言った。

「皮肉……とは？」

問い返す千秋に、

「芦田家は、剣術に勝れておらぬと跡継になれぬ。それゆえ妻女殿が婿を迎えたわけだが、そもそもそなたが男であれば、わざわざ江戸まで修行に来ずともよかったはず」

栄之助はつくづくと言った。

「それは、わたくしが男に生まれていればよかったということでしょうか」

「いかにも、そなたの立居振舞、物腰を見ていると、さぞかし剣術の達者になっていたのではないかと思われてならぬ」

「ほほほ、女の身では剣術は上達いたしませぬか」

「上達はできても、男には勝てまい」

「そうでしょうか？」

「ははは、妻女殿はおもしろいのう。いや、皮肉と言ったのは誤りであった。あの、頼りなげな男に、そなたのような妻。これは辻褄《つじつま》が合《お》うておるわ」

おかしげな栄之助を、

「栄之助、口が過ぎるぞ」

と、庫之助が窘《たしな》めた。

「これはしたり。明日は隆三郎をしっかりと鍛えて進ぜよう」

「どうぞ、よしなに……」

千秋は、父子の宴の邪魔になってはいけないと、すぐにその場を下がった。

父子はそれからすぐに二人で宴を始め、栄之助の不敵な笑い声が聞こえてきた。

千秋は柳之助が待つ部屋に戻ったが、どうも気分が悪かった。

「どうした千秋。最前から浮かぬ顔をしているな」

柳之助は恋女房に明るい声をかけたが、千秋の不興の原因はわかる。

「おわかりですか?」

「ああ、お前の顔を見れば、何を考えているかすぐにわかる」

「さすがは旦那さま……」

「栄之助殿がおれを軽く扱うのが頭にきたのか?」

「いえ、それは……」

千秋は頭を振ったが、問われると怒りが込みあげてきて、

「いくら、旦那さまが弱いふりをしているからといって、人の夫に対して、いささか無礼ではありませんか」

「あの人にとっては悪気などないのだろうよ。こっちの芝居が、それだけ上手く進んでいるわけだ。いちいちかっかすることがあるか」

「それは、そうでございますが。やはり腹が立ちます」

「まあ、そう怒るでない」

柳之助は宥めると、

「こっちも人を欺《あざむ》いているのだ。文句は言えまい」

声を潜めた。

「そうですね」

千秋は笑顔を繕った。

思った通りである。たとえ虚構の中でも、千秋は柳之助が栄之助に腐されるのをまの当りにすると、許せなくなるらしい。

柳之助は千秋の想いが嬉しかった。

だが、怒りのあまり、千秋が冷静さを失わないか、それが気にかかって仕方がなかったのである。

「だが、おかしな話だな」

「何がでございます」

「おれ達ほど、色んなところに泊まり歩いている夫婦はおらぬだろうよ」

「それは確かに……」

「おれはお前とここで何をしているのだろうと、時折夢を見ているような気がするよ」

「ほほほ、楽しい夢ではございませんか」

「楽しい夢にいたさねばな……」

千秋の表情に笑みが戻った。

そのあどけなさが残るふくよかな顔が、

——わたしはどうしてこのお方のことが、こんなに好きなのだろう。

という感慨によって、しっとりと艶に包まれていった。

（七）

千秋の拵《こしら》えた膳を前に、村井庫之助、栄之助父子は、何年ぶりかの差し向かいで、二人だけの宴を楽しんでいた。

もっとも、庫之助はひたすら栄之助の熱のこもった話を聞く方に廻っていた。

「わたしも己が道場を構えてから父上の苦労がようわかりました」

「左様か。どんな苦労がわかった？」

「方便《たつき》を立てるということの辛さにござりまする」

「道場を切り盛りするのは大変であろう」

「はい。剣術を金にするには、世渡りが求められます」

「いかにも」

「さりとて、世渡りにうつつをぬかしていると、己が剣は上達いたしませぬし、剣客としての重みに欠けてしまうというもの」

「お前の言う通りじゃな」

「妻と子供四人を抱えて、父上はさぞかし気にそぐわぬこともいたされたのでしょうな」

「それはもう、行きとうもない出稽古もあった」

「そんな想いをした父上に育てていただいて真にありがたくは思うておりまするが、人にはそれぞれ性分というものがあって、わたしは父上のようには成れませぬ」

い。

「ならば、父に似ずによかったな」

「畏れながら、よかったと思うております」

栄之助は相変わらず、ずけずけと物を言う。

父に育ててもらって今があるのだが、育ててくれた父のようにはなりたくないらし

だが、そんな無躾《ぶしつけ》も、父子であるから許される。

自分が出来なかったことを息子が成し遂げてくれたら、育てた甲斐《かい》もあるというものだ。

小癪であっても、栄之助は自分が辿《たど》ってきた道に苦労があったと察し、

「気の毒なことをした」

と、思っているのであるからそれで好いのである。

「となれば、お前はいかに生きる?」

「ひたすら強くなることを求め、しがらみには捉われないようにしとうございます」

「お前の生き方に感じ入り、どこまでもついてくる者のみを弟子として、上達の妨げになるような出稽古はすべて断る……」

「そうしとうございます」

「強くなりさえすれば、弟子も出稽古先も自《おの》ずと生まれるというわけだな」

「仰せの通りにございます」

「だが、強くなるまでの間も、飯は食わねばならぬぞ。己一人くらいは何とでもなると思うているのだろうが、気儘《きまま》に暮らすと、体もまた気儘となって、ここ一番で力が出ぬこともあろう」

「ははは、そんなことはございません」

「左様か。お前はあれから強うなったのじゃな」

「それはもう、ご案じ召されますな。わたしは、わたしのやり方で鍛えておりますゆえ」

「お前のやり方でのう……」

庫之助は口を噤《つぐ》んだ。

芦田あきに勧められ、隆三郎には栄之助の指南も請われ、高輪までやって来た。

栄之助の違者な姿も見られた。こうして父子で酒を酌み交わすことも出来た。

自分は苦労をしたが、栄之助を立派に育て上げた。

それは誇りに思うし、育て上げた以上は務めは果したのだ。この先は剣客同士、対等に付合えばよい。

したいようにさせておけばよいのだ。

だが話していると、栄之助が強がりを言っているのがよくわかる。

芦田夫婦には、息子自慢と共に、倅と同じ道場にいつまでもいると息が詰まるなどと言った。

独り立ちをしてくれた方が気が楽なのだという風を装ったが、本音ではもう少し栄之助を手許に置いておきたかった。

だが、父親を敬い慕った栄之助も、大人になってからは、

「さすがは村井庫之助先生の御子息だ」

と、方々で称《たた》えられ図に乗った感があった。

そして、次第に父と比べられるのが嫌になり、自分の思うがままに剣客として世に出たくなった。

庫之助は、栄之助の言動、行いを見ると息子の想いがよくわかった。

苦労知らずで見栄《みえ》っ張りの栄之助を、まだ二十五歳の若さで独り立ちさせるのは気が引けたが、

——この機に外へ出せば、苦労が身に沁みて、少しはしっかりとするであろう。

自分が構うから苦労知らずになるのだから、思うようにさせてやろうと考えたのだ。

その判断が誤りであったかどうかを、今さら確かめても詮《せん》なきことだが、どうやら正しかったとは言い難い。

栄之助は、独り立ちしてから彼なりに、己の無力さに気付いたはずだ。

しかし、父に対してそれを認めたくない。

その意地が、彼をむきにさせているのだ。

――まず倅をそっとしておいてやろう。

やがて、己が姿を落ち着いて見つめられる日がこよう。

その様子を見守るのが父親の務めと思い定めて、庫之助は栄之助の口はばったい言葉を愛敬と捉えて、父子の宴を楽しまんとした。

ただ、そう考えると、栄之助に芦田隆三郎の指南をさせぬ方がよかったかもしれない。

一抹の不安が、庫之助の胸を騒がせるのであった。

（八）

翌朝。

村井栄之助は、芦田隆三郎に立合の稽古をつけた。

素面《すめん》で籠手《こて》、胴、垂《たれ》を着け、袋竹刀《ふくろしない》での立合である。

隆三郎こと、芦川柳之助にとっては試練の場であった。

堂々と己が力を発揮して、栄之助と立合えれば、どれほど充実した一時を過ごせるか知れぬが、芦田隆三郎は弱くなくてはならない。

昨日の栄之助の稽古での熱血ぶりを見ると、彼は弱い柳之助を厳しく打ち据えて稽古をつけてくるであろう。

——弱いふりをして痛めつけられるのは不本意ではあるが、堪えるしかない。これも役儀だ。

そのように割り切って稽古に臨んだ柳之助であったが、気になるのは、庫之助が黙って栄之助の稽古を見ているであろうかということである。

高輪へ来たのは、久しぶりに息子と会って、庫之助の心が和み、さらに開かれてくれたらと願ったゆえだ。

温厚な庫之助が、栄之助の立合を見て腹を立てて、父子の間に諍《いさか》いが起こっては、元も子もない。

そして、千秋の動向も気になる。

──頼むから二人共黙って見ていてくれ。

と願って稽古に臨んだのだが、

「隆三郎！　もっと気合を入れぬか！　腰が浮いているぞ！」

立合うや、いきなり厳しい叱責と共に、

「遠慮は要らぬ！　おれを親の仇と思って打って参れ！」

とばかりに、手加減をして打ち込む柳之助を散々に打ち据えた。

「どうした！　そんなことで、一流の目録を得んとするのは畏れ多いぞ！」

柳之助は口惜しかったが、庫之助に見捨てられてはならないと、痛みに堪えて何度も打ちかかり、やる気を見せた。

「よし！　好いぞ！　気合だけは買ってやる。だが、踏み込みが甘い。それならこっちから参るぞ！」

それに対して、栄之助は手を緩めない。

体当りから足がらみをかけて、柳之助を床に這わせた。

「えいッ！」

それでも気丈に立ち上がり尚打ちかからんとする柳之助であったが、

「止めい！」

ここで庫之助が稽古を止めた。

「何ゆえお止めなされまする」

栄之助は、稽古に熱が入ってきたところであったので、不満気な表情を浮かべて庫之助に問うた。

「お前はいつも、弟子にこのような稽古をつけるのか」

庫之助は低い声を稽古場に響かせて、地田伊兵衛以下、栄之助の弟子達を見た。

この日も、稽古場には三人の弟子達がいて、柳之助が打ち据えられている姿を、切な気に見ていたものだが、庫之助に目を向けられて、一斉に顔を伏せた。

「いかにも。これがわたしの立合にござりまする」

栄之助は、むっとして応えた。

「お前に稽古を付けてやってくれと頼んだは誤りであった」

「はて、合点がいきませぬ」

「今のは稽古を付けているとは言い難い。弱い者をただ虐げているだけじゃ」

「これは異なことを申されます。父上はまだ幼いわたしに、今と同じような立合をなされたはず」

「それとこれとは話が違う」

「どう違うと仰せで？　強い者が弱い者に厳しく教えるのは、負ける口惜しさを味合わせ、いつか相手を乗り越えてやる、と気合を持たせるためにござりましょう」

「芦田隆三郎はもう大人じゃ。打ち据えずとも口惜しさを覚えさせることはできよう。それに……」

「それに、何でござりましょう」

「今のお前は、強いとは言えぬ」

「何と……」

栄之助の顔が紅潮した。

「弱い相手を打ち据えている間に、己の剣がわからぬようになっている」

「左様で……。ならば父上、こ度は父上がわたしと立合い、打ち据えてくだされはいかがですかな」

栄之助は、庫之助を挑発するように言った。

元服をしてからは、そのようにされたことはなかったが、まだ子供の頃に、栄之助は時として足腰が立たなくなるまで、立合で叩き伏せられたものだ。

それがいつしか庫之助は、門人達にやさしく稽古を付けるようになった。

生ぬるい稽古で弟子を集め、出稽古先で大名、旗本の機嫌を取って道場を大きくしたのではなかったか。

栄之助はそれが気に食わなかった。

しかし、父には父の生き方があると思い、胸の内にその感情はしまってきた。

父への敬意は忘れていなかったからこそ、余計な口は利かぬようにと言われた通り向島の道場には顔を出さなかったのだ。

そして、自分なりにこの数年、この高輪の道場を守ってきたというのに、父はふらりと訪ねて来て、未熟者に稽古を付けろと言い、はり切って立合うと件の如《ごと》く叱責される。

黙って稽古を止めようと思ったが、父子ゆえに遠慮なく言いたいことを言ってしまうものだ。

「左様か、望みとあらば、父が相手をしてやろう」

庫之助は静かに立ち上がった。

「お待ちくださりませ！」

これはいかぬと、柳之助が間に入って手を突いた。

「わたくしが武道不心得ゆえに、両先生のお手を煩わせてしまいました。わたくしは、ためになる稽古を付けていただき、真にありがたき幸せと存じおりまする。何卒、御容赦くださりませ……」

不穏な場を和ませんとしたが、

「いや、そなたに何の落ち度もない。わたしが栄之助の腕のほどを見届けたいだけのことじゃ。この場にあっては、栄之助と立合えるのは、わたししかおらぬゆえ、村井庫之助が立合うと申すのじゃ」

庫之助はにこりと笑って応えた。

「ならば、一手御指南願いましょう」

栄之助は柳之助には見向きもせずに庫之助に相対した。

「畏れながら、その前に若先生におかれましては、何卒、わたくしとお立合い願います」

すると、廊下で見ていたはずの千秋が稽古場へ出て平伏した。

――千秋、何を馬鹿なことを。

柳之助は慌てて、

「これ……！　下がらぬか……」

と、窘めたが、

「たとえ一時でも、芦田隆三郎は村井先生の弟子でございます。夫婦は二世《にせ》。畏れながらわたくしも大先生の弟子と心得おります。芦田家の武道がこれしきのものと、若先生に思われたまま、こちらを立ち去るのはあまりにも情けのうございます。大先生とお立合いになられるのならば、その前に何卒わたくしとお願い申し上げまする」

千秋は、すらすらと口上を述べた。

栄之助は怒り出すかと思ったが、むしろその場を取りなす妻女の気転と捉えて笑い出した。

「はははは、そなたの方が、隆三郎よりは手応えがありそうだ。父上、大した師範代をお連れでございますな。まずこの者と立合わねば父上との立合が叶《かな》わぬならば、わたしも引き下がるしかありますまい」

栄之助は、庫之助との立合を取り止めるにはおもしろい理由が出来たと、父との立合を考え直したのだが、

——なるほど、千秋め考えたな。

柳之助がほっとしたのも束《つか》の間《ま》。

「栄之助、あき殿との立合から逃げるのか」

庫之助は意外や真顔で言った。

「父上、わたしをおからかいになるのですか？」

「からこうてなどおらぬ。芦田家の武門の意地を見せたいとあき殿は言うておるのだ。受けて立ってやるのが武士の情けであろう」

「本心より申されているのですか」

「いかにも」

庫之助は、神妙に頷いて、

「まず、あき殿を立合で制してから、わたしにかかって参れ」

挑発するように言った。

——村井先生、まさか、千秋の腕を見破っているのか。

柳之助は再び頭を抱えた。

「それほどまでに申されるのなら、お妻殿、まずかかって参られよ。ただし、手加減はいたさぬぞ！」

栄之助は気色ばんだ。

「望むところでございます」

千秋はさっと扱《しご》きで襷《たすき》を綾取《あやど》ると稽古場の隅に置かれた道具を身に着け、袋竹刀を手に栄之助に対峙《たいじ》した。

——どうなっても知らぬぞ。

柳之助はもう止められなかった。

栄之助は、小癪な女め二度とへらず口を叩けぬようにしてやるとばかりに向き合って、

「どこからでも参れ……」

確《しか》と構えもせず、千秋の相手になったのだが、すぐに厳しい顔になった。

——この女、できる。

八双《はっそう》に構えた千秋は、するすると大胆に間合を詰めていく。

栄之助は軽くあしらってやろうと、余裕をみせるのだが、いつの間にか自分の間合に入られている。容易《たやす》く打てないのだ。

いささか不様ではあるが、栄之助は止むなく自分から間合を切った。

庫之助はニヤリと笑った。

思った通り、芦田あきは只ならぬ武芸の腕を身に付けている。そして、そこで間合を切る勇気を栄之助が持ち合わせていたことが嬉しかったのだ。

しかし、一旦切った間合を、千秋はまたじわじわと詰めていく。

「うむッ！」

栄之助は苛々《いらいら》として、牽制《けんせい》の一刀を薙《な》いだ。目の覚めるような力強い技だが、千秋

は柳に風と受け流し、栄之助が振りかぶったところに、左小手に向けてぴたりと剣先をつけた。

その柔らかな動きは男にないもので、栄之助は戸惑った。

その迷いを振り払うように、

「えいッ！」

とばかり、栄之助は千秋の竹刀を打ち払い、さらに小手から胴を攻めた。

ところが、千秋は引きながら栄之助の小手を打った。

――まさか。

慌てた栄之助はさらに前へ出て、かくなる上はと額を割ってやる勢いで面を攻めたが、力が余って踏み込み過ぎて、さらりと左にかわされると、背中をしたたかに打たれた。

信じられない表情の栄之助は、握り返ったところに竹刀を喉元へ突きつけられ、

「参った……」

がくりとうなだれた。

「ご無礼いたしました……」

千秋はさっと引くと、庫之助に深々と頭を下げた。

「きっとなかなかの遣い手と思うたが、これほどまでに遣うとはのう。栄之助、よい稽古になったではないか」

庫之助はしみじみとした口調で言った。

「口惜しゅうござるが、そなたのような強いお女中に出会うたのは初めてだ。それほどの腕がありながら何ゆえに……」

「お前が夫に武芸を仕込めばよいと仰せでしょうか」

「いかにも……」

「いくらわたしが武芸に秀でているとしても女の身ゆえ御役には就けませぬ。また、強いからといって、人を導くことはできませぬ。そうではございませんか?」

これには栄之助も頷くしかなく、

「なるほど、それは道理だな。皮肉なことではあるが。かく強い娘御のいる芦田家から師に請われたとは、父上、大したものでございますな」

話すうちに、栄之助の表情に生気が戻ってきた。

見事なまでに鼻っ柱を折られたが、ここまで負ければさばさばとするというものだ。

しかも、それだけの女剣士が、己が父を夫の師として崇《あが》めているのだ。己が恥とはならぬであろう。

庫之助は千秋の言葉を満足そうに、いちいち相槌を打って聞いていたが、驚きと感動を禁じ得なかった。

それから村井父子は、夢見心地で昨夜の父子の宴の続きを始めた。

乾いた大地が、待望の雨に潤うがごとく、栄之助の心の内に庫之助の言葉が沁みていく。

「案ずるな栄之助。芦田あきには、このおれとて勝てぬよ。あの妻女は、女にしかできぬ身のこなしで剣を遣う。不慣れなお前はそれゆえ不覚をとっただけのことじゃ」

「いえ、それを見抜いておられた父上は、さすがでござりまする」

「ふふふ、少しは見直したか」

「はい」

「いくら強うても、夫には教えられぬと言う。剣術師範とはおもしろいものであろう」

「いかにも。さりながら、やはりわたしには、父上のような指南はできませぬ」

「お前はお前の指南を極めればよい。但し、力任せに弟子を押さえつけてはいかぬ。弱い者から学ぶのじゃ」

「弱い者から学ぶ……」

「こ奴は何故弱いのか。それを探るのじゃよ」

「なるほど……。何故弱いのかを突き止めれば、いかにすれば強くなるかがはっきりと見えて参りますな」

「であろう、それができれば、弟子も増え、己も強うなる」

「わたしが未熟でございました」

しかつめらしく頷いてみせる栄之助の顔が、立合の折懸命にくらいついてきた、かつてのひた向きな息子のそれに変わっている。

「ひとつ申しておくが、子供の頃のお前を厳しく打ち据えたは、息子ゆえじゃ。弟子には付けぬ稽古を、息子ゆえに付けたのじゃ」

「はい。承知いたしております……」

思わず涙ぐみそうになる栄之助であったが、

「それにしても父上。芦田家の方々は、何ゆえ男に生まれてこなんだかと、さぞかし嘆いたことでしょうな」

「まったくだな……」

あきに想いを馳《は》せると、不思議が郷愁を打ち消していた。

「よくあれだけの術を、女ながらに身につけたものでござりまするな」

「まったく、おかしな女じゃのう」

「死んだあきに、どこか似ておりますな」

「ああ、それゆえ押しかけられても、断れなんだ」

「ははは、それで合点がいきました。あきはかわいい妹でございました」

「かわいい娘であった」

恐ろしく強い芦田家の娘があきに似ていて、村井父子の再会に潤いを与えてくれた。

これも何かの縁であろう。

父子がしみじみと思い入れをした時。

離れの一間では、あきを演ずる千秋が、平謝りで柳之助に詫《わ》びていた。

「申し訳ございませんでした。いくらお役とはいえ、旦那さまがあのように打ち据えられては、じっとしてはいられなんだのです」

「まずこの度は、上手くことが収まったゆえよしとしよう」

「ありがとうございます」

何やら芦田隆三郎だけが間抜けである。

おかしな方へ話が変わってしまったのが、柳之助には不満であったが、

「くよくよとしていても仕方がない。芦田家の娘は恐るべき武芸の達人であった。さ

て、ここからどうやって、村井先生の胸の内を開かせるか……」
隠密夫婦は、新たな物語を作らんと一晩中知恵を出し合い頭を捻《ひね》っていたのであった。

第三章　頑固親父

（一）

神道一心流《しんとういっしんりゅう》剣術師範・村井庫之助《むらいくらのすけ》は、長子である栄之助《えいのすけ》の高輪《たかなわ》道場に、五日逗留《とうりゅう》した後、再会を約して別れ、互いの剣の道を歩むこととなった。

芦田隆三郎《あしだりゅうざぶろう》の妻女・あきこと千秋《ちあき》との衝撃的な立合後は、栄之助も芦田隆三郎を演じる柳之助《りゅうのすけ》に、厳しい中にもゆったりとした温かみのある稽古をつけたものだ。

――ほう。これは一段とよい。

庫之助は、栄之助が弱者から学ぼうという気持ちになってくれたと、大いに満足した。

――高輪の道場にも、これでまた活気が戻るであろう。

それは息子の暮らし向きの安泰でもある。

庫之助は、ほっと胸を撫《な》で下ろした。

地田伊兵衛《ちだいへえ》以下、三人の弟子達の表情も生き生きとして、庫之助を師と共に見送った。

「父上、そのうちにわたしも、向島《むこうじま》の道場に参ります」

「そうしてくれ。まだこの体が動くうちに、お前と稽古がしたい」

「体が動くうち……? ははは、まだまだ大事ござりますまい」

「そうかな」

「はい。さりながら、御無理はなされませぬよう……」

「相わかった。だが、お前の父は剣客として生きてきた。同じ剣客となったお前にはわかるはずだ。この先、父がいかなる末路を辿《たど》ろうと、それを悲しんだり、誰かを恨んだりするではないぞ」

「仰せの儀、よくわかりましたが、さて、悲しまず、恨まずというのは、どうでしょうな。素直に〝はい〟とは申せませませぬ。何しろ、親のことでござりまするゆえ」

栄之助は、父親が何か心に期するところがあるのはわかっているが、言外に、

――場合によっては見過ごしにはできませぬぞ。

という、息子としての強い想《おも》いを伝えた。

栄之助としては放っておけぬのは、

――言わずもがなのことであった。

つい息子には余計な話をしてしまう自分に気付き、庫之助は苦笑いで、ただ頷《うなず》いてみせた。

「世話になった……」

庫之助は、後ろで深々と頭を下げて、栄之助に名残を惜しむ柳之助と千秋を促すと、歩き出した。

栄之助は、柳之助に労《ねぎら》うような笑顔を向け、千秋には、

――頼みましたぞ。

と気持ちを込めて頬笑《ほほえ》んだ。

庫之助は、高輪の道場を出たその足で、千秋を伴い千駄ヶ谷《せんだや》へ向かうことになっていた。

千駄ヶ谷には栄之助の妹である、娘のふゆがいる。

「父上、ふゆとも長く会《お》うてはおりますまい。行ってやってくださりませ。きっと喜びましょう」

と、栄之助に強く勧められてのことであった。

ふゆは手習い師匠をしている。芦田隆三郎は修行の身ゆえ、武芸場以外のところへは同道しても埒《らち》が明かぬ。

さりとて、庫之助一人で訪ねるのも、気が引けるであろうからと栄之助が、妻女のあきに供を頼んだのであった。

庫之助は、ふゆも大勢の手習い子を抱えて多忙ゆえ、会うのを控えていたような話をしていたが、父娘互いに何かしらの気まずさを抱えているらしい。

こういう時は、適当にその場を取り繕ってくれる者がいるとありがたい。

利発でおくゆかしさを備えつつ、その実、怒るべき武芸達者であるあきは、ありがたい存在であった。

それで、芦田隆三郎はこの機会に、松平《まつだいら》家江戸屋敷を訪ね、首尾よく江戸で修行に励んでいる由を報告しに行くことになった。

「わたしは、挨拶をすませた後、向島の道場へ向かわせていただきます」

こうして、柳之助と千秋は久しぶりにそれぞれ別れて役儀をこなしたのであるが、柳之助が向かった先が、松平家江戸屋敷でないのは、言うまでもなかろう。

彼は金杉橋《かなすぎばし》で、庫之助、千秋と別れると、楓川辺《もみじがわべり》にある番屋へそっと入った。

ここで、外山壮三郎《とやまそうざぶろう》と落ち合い、これまでの隠密廻《おんみつまわ》りの成果を伝え、新たな情報を得たのであった。

高輪の村井栄之助の道場では、手厳しい稽古を付けられ、立合では酷《ひど》い目に遭った。

それは既に柳之助の小者、三平《さんぺい》との繋《つな》ぎによって、壮三郎には伝わっていた。

「おお、これは芦田隆三郎殿、高輪では痛い目に遭ったそうだな」

柳之助の顔を見るや、壮三郎は軽妙な口調で言った。

剛直な彼も、近頃では柳之助と千秋の潜入を覗《のぞ》き見ると、時におかしくなって、戯《ざ》れ言《ごと》のひとつも言いたくなるらしい。

「ああ、お前だったら怒り出していたかもしれないな。まったく、この度は、弱い武士になるしかなかったのかねえ……」

柳之助も、長年の友の顔を見ると、愚痴やぼやきも出るのであった。

「だが、おぬしの仇《かたき》は、〝あき殿〟が討ってくれたのであろう」

「そのことについては、徒《いたずら》に正体をさらけ出して、申し訳なかったと思っているよ」

「いや、いささか平板なところに、女武芸者が本性を現す……。これで村井先生の興もそそられたのではないかな」

壮三郎は、いつものしかつめらしい顔をしてみせた。

少しずつ、壮三郎の調べも進んでいるという。

その報《しら》せを受け、千秋と別行動の間に、一働きせんと考えている柳之助であった。

「木原康右衛門《きはらやすえもん》は、香具師《やし》の元締や、博奕打《ばくちう》ちの親分から頼まれて、力仕事をしているばかりではないようだぞ」

壮三郎は、太い眉をひそめながら言った。

「手広く立廻《たちまわ》って稼いでいるというわけか」

本題に入って、柳之助の表情も、頼りなげな芦田隆三郎から、敏腕同心のそれとなった。

「ああ、随分と手広い。奴《やつ》はどうも、蔵前《くらまえ》をうろついているらしい」

「蔵前を……。旗本に雇われての力仕事というわけか」

木原康右衛門の道場は、旗本・恩田外記《おんだげき》の屋敷内にある。

恩田家は無役とはいえ、千石取りの由緒ある家柄で、その先祖はかつて旗本奴《やっこ》として男伊達《おとこだて》を気取ったこともあったらしい。

それゆえ、旗本、御家人で外記を慕う者もいると聞く。

蔵前といえば札差《ふださし》の大店《おおだな》が建ち並ぶ。

札差は、手数料を取った上で旗本、御家人が俸禄米《ほうろくまい》を現金化する手間を省き、それら一切を請け負っている。

しかし、札差から金を借りている旗本、御家人は俸禄米を形に取られているゆえに、やり繰りがままならず、腕の立つ浪人や、やくざ者を雇って、札差から力尽《ず》くで金を引き出そうとする者もあった。

そういう強請《ゆす》りを引き受ける輩《やから》を〝蔵宿師《くらやどし》〟という。

木原康右衛門は、恩田外記を頼みとする、旗本、御家人に雇われて、〝蔵宿師〟をしているのではないか――。

柳之助はそのように思ったのだが、

「いや、それでは木原道場は、すっかりと悪党一味になってしまう。何ぞの折は、言い逃れができるようにせんと、木原は考えているらしい」

と、壮三郎は言う。

先日は、丑寅《うしとら》の亥助《いすけ》に頼まれて、ころ助、さん公なる破落戸《ごろつき》を痛めつけたが、強請り、たかりの類いを町から追い払ってやったとも言えよう。

そういう逃げ道を、木原康右衛門はいつも拵《こしら》えているのだ。

「なるほど、蔵宿師などという、けちな稼ぎはしないか」

「いかにも」

「となれば、札差を守る方に廻っているとか？」

蔵宿師に対抗するために、札差の方でも、これを追い払う腕っ節の強い者を雇う。

これを〝対談方《たいだんかた》〟というが、

「そっちで稼いでいるとも思えぬのだ……」

と、壮三郎は言う。

柳之助は首を傾《かし》げた。

だが、札差を巻き込んでの話となれば、重大事である。

木原道場に出入りしていたという、須田桂蔵《すだけいぞう》の不可解な死がここに繋《つな》がるとなれば、これは予断を許さない。

「千秋殿に、まず村井先生を任せておいて、一働きするかい？」

壮三郎は、盟友の肩をぽんと叩《たた》いた。

（二）

村井庫之助の娘・ふゆの住まいは、千駄ヶ谷の八幡宮《はちまんぐう》門前にある。

儒者の住まいのような庵《いおり》風の佇《たたずま》いで、表はきれいに掃き清められてあるし、出入り口の戸も手入れがよく整えられている。

庫之助は、家の前まできて立ち止まり、何度も頷いてみせた。

表から一目見ただけで、手習い師匠の名に恥じぬ暮らしを送っているのがわかる。

手習い師匠として、毎日五つ刻《どき》くらいから手習い子達を教えているというので、庫之助はここへ来るにあたっては、子供達が来る少し前を狙った。

手習いが始まってからでは迷惑であろうし、あまり早く訪ねても、ふゆとてあれこれ段取りが狂うのではないかと思ったからだ。

再会したとて、話が弾むわけではなかろう。

重苦しい沈黙がその場を制したら、余りにも気まずい。

会って一言二言交わすうちに、ふゆの手習い子達が集まってきて、講義は始まる。

それをそっと眺めるうちに、互いの心の内も整理出来るのではないだろうか。

それゆえ、栄之助の道場を早朝に出てきたのだが、ふゆの家には厳《おごそ》かな気が漂っている。庫之助はどうも一歩踏み出せないでいた。

「きっと大喜びでお迎えになると思いますよ。さあ、参りましょう……」

庫之助に付き添う千秋は、そのように勢いをつけんとしたが、

「さて、どうであろうかな」

名高き剣客も、娘との再会に臆したのであろうか、浮かぬ顔をしている。

庫之助は、栄之助に続いてふゆについても自慢気に話していたが、その実、娘とは仲違いをしたままになっていた。

ふゆは、十年前、十八の時に、庫之助の剣の兄弟子、保坂鉄之丞《ほさかてつのじょう》の息、雄八郎《ゆうはちろう》に望まれて夫婦となった。

鉄之丞には世話になったし、雄八郎についてもよく知っていた。

剣に対してはひた向きで、真面目《まじめ》な男であったから、これは良縁だと思い、ふゆにもよく言い聞かせて、家から送り出した。

その時にはもう、妻の奈津《なつ》は世を去っていて、立派に娘を嫁がせた満足が、悲しみを癒してくれたような気がした。

ところが、嫁いで三年で夫婦別れをしてしまった。

雄八郎は、剣にはひた向きであれど、諸事万端においていい加減で、約束ごとを容易《たやす》く忘れてしまう癖があった。

やさしいが、一本筋の通った男勝りなところのあるふゆは、夫のだらしなさに堪え切れず、ある日いきなり、

「どうぞ、離縁なされてくださりませ」

と、切り出したのだ。

雄八郎は、ただの冗談であると受け止めたが、ふゆは一旦言うとあとには引かなかった。

夫の戸惑いは怒りとなり、遂《つい》に夫婦はぶつかり合い離縁となった。

その直前に、銕之丞は亡くなっていたので、ふゆは義父に対する義理もなくなったと考えたらしい。

しかし庫之助は、三年で不縁となったふゆが許されず、

「亡くなった兄弟子に申し訳が立たぬ」

と、ふゆを叱責した。

その後、ふゆは父の機嫌を結ばんと向島の実家に戻って来たが、

「お前はお前の思うように生きるがよい」

と、庫之助はふゆを突き放した。

ふゆも、これには腹を立てて、

「それならば一人で生きていきます」

と、庫之助の許《もと》から離れて、千駄ヶ谷で手習い師匠を始めた。これが多くの人に受け容《い》れられ、手習い子とその親達の人気を集めるようになった。

庫之助はそれを知って、内心喜んでほっと息をついた。

苦労して嫁にまで出した娘である。憎いはずがない。

事情を知らぬ者には、不縁となった娘を嘆いてみせつつ、一方では立派な手習い師匠となってくれたと自慢をしていたのだ。

それでも、もう五年以上も会っていない娘である。

突き放されたことを恨みに思い、邪険にされるかもしれない。

内心では複雑であったが、

「この折でございますから、今の勢いのままふゆに会われた方がよろしかろう」

栄之助にそう勧められると否とは言えなかった。

父に対して意地を張っていた息子が、今度の再会で心を開き、歩み寄ってくれた。

嬉《うれ》しさに加えて、そのきっかけを作ってくれた〝芦田あき〟が、

「それはようございます。わたくしもお供をいたします」

と、さらに勧めると、庫之助も心を開かざるをえなかったのだ。

「父上、わたくしはずっと父上のお傍《そば》におります」

と、末娘のあきは自分を慕ってくれたが、ふゆは黙って父に寄り添い、妻の家事を手伝いながら、

「父上、わたくしもあきと同じ想いですよ」

自分のことも忘れてくれるなと、時に頰笑みを向けてくれたものだ。

思い出すと会いたくなってくる。

家の前でいつまでも突っ立っていたとて始まらない。

庫之助は意を決して、千秋を促すと、

「よし、参ろう」

「ふゆ、わたしだ……」

一声かけて戸を開けた。

上がり框《がまち》の向こうは、広い板間で手習いの仕度をするふゆの姿があった。

「父上……お早いお着きで」

ふゆは少し戸惑いを見せたが、たちまち笑顔となった。

あの日の笑顔のままであった。

「兄上から知らせがありました」

「栄之助が？　あ奴め、勝手なことをしおって……」

栄之助は、ふゆを訪ねてはどうかと勧めつつ、父が行くぞと門人を遣《つか》いに立てていたらしい。

苦い顔をしたものの、それならばあれこれ話す手間が省ける。

「よくぞお訪ねくださいました。嬉しゅうございます」

案ずることはなかった。

怒っていたのは自分だけで、娘は今も慕ってくれている――。

「うむ。お前の手習い師匠ぶりを、そっと覗き見とうてな。邪魔はいたさぬ」

庫之助の表情も綻《ほころ》んだ。

「貴女《あなた》ですね。兄上を打ち負かしたという豪傑は。わたしもあやかりとうございます」

ふゆは、からからと笑って、

「お恥ずかしゅうございます……」

と、はにかむ千秋を、

「ささ、どうぞお上がりください」

庫之助と共に請じ入れんとした。

その時、板間の奥の一間から、町の女房が乳呑み児《ちのご》を抱いて出てきた。

「これはお邪魔をいたしております……」

女房はあたふたとして、庫之助と千秋に深々と頭を下げると、

「ご無礼をいたしました」

恐縮の体で出ていった。

「気をつけて……」

ふゆは母子を見送って、

「どうしても手が離せないことがあると言うので、一時預かって寝かせてあげていたのです」

小さく笑った。

「なるほど、それはよいことをしたな」

「もう少し大きくなれば、うちの手習い子になってくれましょう」

「いかにも、人助けをしながら、お前もなかなか抜け目がないのう。愛らしい子であったな」

「はい。手習い子もそうですが、あのような赤児を眺めていますと、心が安らぎます」

「お前もまだまだこの先、子を生《な》せぬわけでもなかろう」

「父上……」

困った表情のふゆを見て、

「これは要らぬことを申したかな。まず世話になろう」

庫之助は、少し慌てて板間の奥の座敷へ入った。

すると、表が騒がしくなり、

「おはようございます!」

「せんせい、きましたよ!」

大きな声を張りあげながら、次々と手習い子達が入ってきた。

「ふゆ、くれぐれも父親が来ているなどと言うでないぞ」

あくまでも、自分はそっと手習いの様子を見たいのだと言って、庫之助はふゆを板間へと送り出した。

そして、板戸の両端を少し開けて、千秋と覗き見たのであった。

（三）

噂《うわさ》に違わず、手習い子は五十人近くを数えた。

厳密な決まりごとはないので、遅れてくる子供や、休んでいる子供もいるようだ。

ふゆは子供達にみっちりと素読をさせ、習字をさせた。

そうして時に、学ぶことの理を説いた。

中食《ちゆうじき》の時分になると、手習い子達は一旦それぞれの家へ帰る。

「やれやれです」

ふゆは、ほっとした表情となり、用意してあった握り飯を、庫之助と千秋にふるまった。

「いかがでございましたか?」

ふゆは真顔で問うてきた。

道場での庫之助の指南ぶりには、いつも感心していたふゆであった。

「父に訊《き》くまでもなかろう。厳しさとやさしさが、ほどようあった。わたしにはそれが何よりだと思う」

厳しさと、やさしさの調和。それこそが、父の剣術指南から学びとったものである。

「それはようございました」

ふゆは満足そうに頷いた。

庫之助は、かつてふゆが自分の稽古を見ては、

「父上のお稽古には厳しさの中に情が溢《あふ》れています。わたしはそれが嬉しゅうございます」

よくそう言っていたのを覚えている。何よりの褒め言葉と思ったのだ。

にこやかに話していると、何故《なぜ》この娘と疎遠になっていたのか、それが悔やまれた。

自分は大変な想いをして子供達を育てた。

そのために多くのことを犠牲にしてきた。

こういう自分勝手な考え方が、子供達が思うがままにならないと頑《かたくな》になる、悪い癖となって顕《あらわ》れるのだ。

昼休みが終り、手習い子達が戻ってきて、広間はまた賑《にぎ》やかになった。

千秋は戸の隙間から、庫之助に倣ってふゆの教授ぶりを眺めた。

昼からは、算盤《そろばん》を教え始めた。

ふゆの手付きはなめらかで、いかにも算盤の達者であるのがわかるが、

「ふゆ……、いつの間に……」

庫之助は驚きを浮かべていた。

「読み書きはわたしと奈津が、子供達に教えたが、算盤は教えてはおらなんだ……」

夫婦共に得意ではなかったので、一通りは出来るようにと、町場に習いに行かせたことはあったが、それもほんの一時であった。

武芸者の娘が、算盤をよく使うというのもどこか憚《はばか》られたゆえだ。

しかし、手習い師匠ともなれば、算盤も教えてやらねばなるまい。

そう考えて修練を積んだのに違いない。

――立派な娘ではないか。

庫之助は、娘を訪ねてよかったと心から思った。

千秋には庫之助の心の動きが見える。

〝将軍家影武芸指南役〟という裏の顔を持つ父・善右衛門《ぜんえもん》は、娘である千秋を突き放してみたり、やさしさいっぱいに寄り添ってみたり……。

娘への愛情は、神仏を尊ぶほどに深大であるのに、その表現は真《まこと》にわかり辛《づら》く、不器用極まりなかった。

そんな父を見てきているゆえ、千秋には子供に愛情を上手《うま》く伝えられない親の様子がわかるのだ。

「さあ、だらだらと続けていても仕方がありませんよ。気を入れて学びなさい。そうすれば早く終ります」

ふゆは手習い子達を彼女なりに叱咤《しった》激励して、調子に乗らせる。

やがて、

「はい。今日はこれまでとしましょう」

と、終りを告げると、幼な子を迎えに来た親達は、

「先生、いつも本当にありがとうございます」

「お蔭《かげ》で、見違えるように行儀よくなりました」

感謝の言葉と共に、子供の成長を喜んだ。

「うむ……」

庫之助は、子供達が表へ出てしまうと、自分もそっと家を出て、去り行く彼らを千秋と共に見送った。

「ふふふ、力があり余っているようじゃな」

庫之助は、はしゃぎながら表を走り廻《まわ》る子供達を眺めて目を細めた。

すると、子供の一人が遠くで派手に転んで、足を押さえてべそをかいた。

「これはいかんな……」

駆け寄らんとするふゆを見て心配そうに呟《つぶや》いた庫之助は、向こうの角から俄《にわか》に現れて、

「泣くな、男だろ」

その子を抱き起こして、足の具合を診てやる若い男を見て、

「何と……」

大いに驚いた。

「坊主、大丈夫だよ。少しばかり血が出ているが、骨が折れたわけではない。さあ、立ってみろ」

子供に元気を与えているのは、庫之助の次男・達之助《たつのすけ》であった。

達之助は、栄之助以上に剣術の才に恵まれながら、庫之助の意に反して医術修業に出てしまった。

それゆえふゆと同じく、頑になって会おうとしなかった。

しかし、医者として人に頼られ立派に暮らしていると聞き及び、

「これが怪《け》しからぬ奴でな」

などと腐しつつも、

「剣の腕は大したこともなかったが、医術はなかなかのものだそうで、息つく暇もないらしい」

と、彼についても自慢をしていた。

それでも、親の想いに反して家を出た達之助への不興は消えず、修業を終え白山《はくさん》権現門前に医院を構えたと便りがきても、訪ねることはなかった。

「剣を捨てると言うのなら、二度とこの道場の門を潜《くぐ》るな」

そう言われて別れたゆえ、達之助の方からも訪ね辛い。

だが、気にはなっていた。

その達之助が、ふゆの家に訪ねて来た。

そして、手習い子の怪我をてきぱきと診てやっている。

頭は総髪に結い、地味な羽織に袴《はかま》姿は、若き名医の風情がある。

「ありがとう……」

べそをかいていた子供は、たちまち笑顔になって、力強く歩き出した。

達之助は、子供を見送ると、ゆったりした足取りで庫之助の方へとやって来て、

「父上、お久しぶりでございます」

と、畏《かしこ》まってみせた。

「報せたのは栄之助か？」

庫之助は渋い表情で問うた。

ふゆとの再会に心が和んでいた庫之助は、

――この次は達之助を訪ねてみるか。

と、心の内で思い初めていたところであったが、いきなり目の前に現れると、どう接したらよいかわからなくなる。

「はい、兄さんが〝ふゆのところへ親父《おやじ》殿が訪ねるはずゆえ、お前も顔を出せ〟と、便りをくれましたので」

達之助は、爽やかに応えた。

「栄之助め、どこまで余計なことをすれば気がすむのであろうのう」

口では怒っているが、庫之助の物言いが、楽しげな響きとなっている。

栄之助にしてやられた想いだが、同じ会うなら、ふゆと達之助と、一度で済むならありがたい――。

「さあさあ、父上も達殿も、家へお入りください」

ふゆの呼ぶ声に従って、

「達之助、立派になったのう」

庫之助は息子の肩を叩くと、歩き出した。

（四）

ふゆの家に入ると、達之助もまた千秋を見て、

「兄さんを打ち負かしたというのは、貴女なのですか？」

と、まず訊《たず》ねた。

「いえ、その……」

千秋は、そうだ、とも言えず困ってしまったが、

「いったいどのようなおっかない女《ひと》かと思っていたら、これはまた美しい……。天女のような……」

達之助は高らかに笑った。

千秋がますます困ってしまうと、

「いやいや痛快とはこのことだ。兄さんには子供の頃、打ち負かされてばかりでしたからねえ」

達之助は、悪びれずに庫之助に向かって言った。

「お前と栄之助は四つ違い。幼い頃の四歳上というのは、大人と子供くらい違う。あのまま剣術を続けていたら、きっとお前にも兄を打ち負かす機会があったであろう」

庫之助は達之助を詰《なじ》ったが、

「いいえ、強いのは兄一人でよいのです。わたしが医者になった方が、村井家としてはよい按配《あんばい》というものでございましょう」

「ぬけぬけとぬかしおって。何がよい按配じゃ」

「左様でございましょう。兄上はいくら剣が強くても、父上の体を診立てられませんからねえ」

「お前は、ここへ父の診察に来たと言うのか？」

「父上に会いたいゆえ参りましたが、医者の息子が来たのです。ついでに診させていただきますよ」

「もしや、それも栄之助の差し出口か？」

「差し出口とはお情けない。親を思う子のありがたい気遣いでございましょう」

「うむ……」

父子の会話は実にほのぼのとしていた。

どうやら栄之助は、庫之助の心の臓が弱っていると、看破していたらしい。

長く会っていなかったが、息子は父親の持病を忘れておらず、注視していたのだ。

「お前に診てもらわずともよい。今のわたしには、具合の悪いところなど、ひとつもないゆえにな」

庫之助は、さらりとかわそうとしたが、

「兄も弟も、気遣っているのです。まず診てもらうべきです」

ふゆが強い口調で言った。

その声の響きは、亡妻・奈津にそっくりである。

「わたしも、診ておもらいになる方が、よいかと存じます。いざという時に備えて、体の調子は知っておくべきではございませんでしょうか」

出過ぎたことと思ったが、千秋もふゆの言葉に続けた。

今の千秋の一言には、武芸達者を見せつけた後だけに重みがある。

「うむ、それもそうじゃな……」

ここへ来てから、庫之助はやたらと素直になっていた。

奈津が子供達を束ねて、庫之助に物申す時は、まず話に耳を傾けたものだ。

その頃の自分に戻っていた。

考えてみれば、〝思うところ〟をやり遂げんとした時に、心の臓が危ないことになっていれば困るのだ。

息子の診立てなら信ずるに足る。ひとまず診てもらっておいた方がよかろう。

「達之助、さらりと診てくれるだけでよいぞ。高くつくゆえにな」

そんな冗談も出て、息子が医者であるという誇らしさが、息子が剣を捨てた腹立ちを上回っていた。

「父上からお代はいただきませんよ」

達之助は頰笑みながら、板間の隅に庫之助を促して、

「さて、ここへ座ってください」

有無を言わさぬ勢いで診察を始めた。

「父上の心の臓については、ずっと気になっておりましたのでね。医師になれば、まず診ておきたいと思っておりました」

達之助は、武者修行に出ると言って、庫之助から路銀をせしめて、上方《かみがた》に住む蘭学医の許へ学びに行った過去がある。

それが露見して、庫之助に叱責され、家を出るきっかけになったのだが、庫之助はその時の金については、以後一言も口にしなかった。

親を欺《あざむ》いてでも医術を修めたいと思った達之助に、

——頭にくるが、なかなか性根が据《すわ》っている。

と、一人の男としての凄《すご》みを覚えたのだ。

気に入らぬ息子であっても、あの時の自分の金が、医者となる費《つい》えになり、結果、多くの人の命が守られたのだ。

——情は人のためならじ。

己《おの》が体を検《あらた》められるのであるから、あの時騙《だま》し取られた金が役に立ったのだ。

ふゆも達之助も、苦労して育てた甲斐《かい》があったと、庫之助は考えを新たにして、達之助の為《な》すがままになった。

心の臓の様子を診るといっても、それほど処置の仕様もない。

脈をはかり、鼓動を確かめたり、問診をするしかない。

病人扱いされたくない庫之助は、このところの胸が苦しくなる症状の有無については、まともに応えなかった。

だが、達之助はそういう庫之助の癖をよくわかっている。

この月に入って、一度だけ胸が苦しくなったと言えば、

「二度はあったはずだ」

と解釈し、今までに携わった例から鑑みて判断するに、

「激しい稽古は自重《じちょう》なされた方がよろしゅうございます」

と、前置きした上で、

「とはいえ、体の方はいたって達者でございますぞ。無理さえしなければ、少しくらいの稽古なら大事ござりますまい」

と、告げた。

「ふん、少しくらいの稽古すらできいでどうする」

庫之助はぶっきらぼうに応えたが、達之助の医師としての評判は、そっと聞いてよく知っている。

庫之助は内心、ほっとさせられた。

命をかけて、自分の武芸の集大成を行わんとしているのだ。

栄之助とふゆにも会えたし、不肖の息子と嘆いた達之助にも体を診てもらえたのだ。これ以上のことはない。

「すまなんだな。お前に礼を言う日がくるとは思いもせなんだぞ」

「ありがたき幸せ……」

達之助は、笑顔が絶えぬのが身上《しんじょう》であるが、彼も父と会えた興奮はある。思わず涙ぐんでいた。

「よろしゅうございましたね」

喜ぶふゆを見て、

「姉さん、もう父上と色々な話をしたのですかな?」

達之助は意味ありげに言った。

「色々? まだ手習いが済んだところですからね」

ふゆは、これからゆっくり話すところだと頬笑んだが、千秋はふゆの表情に浮かんだ哀切が気になっていた。

（五）

「このところ、蔵前の方から金になる話は何も言うてこぬではないか」

木原康右衛門は、仏頂面で、酒臭い息と共に怪しげな言葉を吐いた。

「とどのつまり、安穏に暮らしていけているゆえ、我らに用はないということでしょうな」

同じく酒を飲みつつ応えたのは、森岡利兵衛《もりおかりへえ》である。

二人は、揚心流《ようしんりゅう》木原道場において、師範と師範代というべき剣客であるが、日頃は道場の奥の一間で、酒を飲みつつ悪巧みをしているのがほとんどだ。

道場は、深川六間堀にある旗本千石・恩田外記の屋敷内にあるゆえそれなりの格式があるはずなのだが、どう見ても野盗の類の棲家《すみか》というところだ。

木原道場が、剣術道場とは名ばかりの不良浪人の集団で、この動きを南町奉行所が注視しているというのは既に述べているが、同心・外山壮三郎が睨《にら》んだ通り、木原、森岡師弟は蔵前の札差の許に出入りしているらしい。

何かの騒動でも押さえ込んだのであろうか、その結果、蔵前に安穏が訪れたのかもしれないが、

「ことがすんだら、おれ達は用なしか。そいつはちょいとばかり、都合がよすぎるぜ」

と、康右衛門は吐き捨てた。

頼まれ仕事をこなし、十分に金も受け取ったはずだ。

どちらが〝都合よすぎる〟か、知れたものではない。

「そうだと言って、蔵前の連中を脅しつけても得にはなりますまい」

利兵衛が宥《なだ》めた。

凶悪な二人であっても、どちらかが少し引いて物ごとを考える。

悪党は悪党なりの分別を持っているのであろうか。

札差から力仕事を頼まれる分にはよいが、相手を食いにかかると、金の力で潰されんとも限らないのだ。

「そんなことはわかっている。付かず離れず、好《い》い付合いをするんだよ。やくざ者からのけちな頼まれごとをこなしていたって、埒が明かぬわ」

「それは確かに……。ようく頭を使わぬといけませぬな」

「そういうことだ」

二人は頷き合って酒を飲む。

悪巧みの頭を働かせる良薬こそ、酒らしい。

それにしても、まだ昼間だというのに、酒と悪巧みに時を過ごす。

腕っ節が飯の種だというのに、これでいざという時に働けるのであろうか。

武芸というものは、日頃の鍛錬の賜物《たまもの》であるはずだが、不思議とこういう悪党は飲んでばかりいる。

だが康右衛門は、

「武芸などというものは、若い頃にみっちりと修練しておけば、体が術を覚えているようになる。あるところまで強くなれば、あとはそれほど稽古など積まずともよい」

と常々言っている。

どんなに修練を積んでいても、いざ戦いの場になって力が出なければどうしようもない。

「大事なのは、いつどんな時でも、相手を殺してやるという覚悟と気合なのだ」

稽古の数より、修羅場を潜り抜けた数が、何よりも大事だと思っているのだ。

そして実際、この悪党は気まぐれに稽古をするだけで、悪の華を咲かせるだけの強さを見せつけてきた。

揚心流と看板をあげていても、本当のところは邪剣妖剣流というべきか――。

すると、康右衛門と利兵衛が拠《よ》る部屋へ、門人がやって来て、

「先生、稽古をつけてもらいたいという男が一人、いきなり訪ねて来ましたが……」

と、告げた。

康右衛門と利兵衛は顔を見合った。

「稽古をつけてもらいたいだと……」

「正気か」

「ええ。いたって真面目で……」

伝えに来た門人も首を傾げていた。

この門人は、野田某《のだなにがし》というやさぐれ浪人で、稽古場で退屈しのぎに木太刀を振り回していたところに、二十五、六の涼し気な浪人者がやって来て、案内を請うたという。

野田も、そろそろ稽古にも飽きてきて、こ奴もまた酒でも飲んで勢いをつけて、町へ繰り出すつもりでいたところに、珍客が現れたというわけだ。

木原道場は、誰かの紹介がないと出入りが出来ないことになっている。

それが剣術道場の看板を掲げた不良集団の用心であるし、そもそも荒くれ浪人が集う木原道場の悪名は既に評判となっていた。

道場は千坪もあろうかという広大な恩田家の屋敷内にあり、平常は閉ざされた裏門から入っていかねばならない。

まともに剣術修行をする者が、わざわざ訪ねるところではないのだ。

「この道場は、請人《うけにん》がおらねば稽古はできぬ。そう言って追い返せ」

利兵衛は、どうせまともな奴でもなかろうとすげなく言ったが、

「いや、まともな奴でないのなら、余計に我らの目で見定めるべきだな」

と、康右衛門は野田に、稽古場へ出るゆえ待たせておけと言って立ち上がった。

利兵衛もこれには頷いて、康右衛門の後に続いた。

稽古場には、野田と同様の門人とは名ばかりの荒くれ浪人が数人いて、稽古場の端に端座する若い武士をじろじろと眺めていた。

武士は一見すると浪人風であるが、羽織、袴姿も律々《りり》しく、剣の道に精進している若き剣士の風情である。

何《いず》れにせよ、場違いも甚《はなは》だしい。

だが、恩田屋敷の裏門から、堂々たる物言いで道場を訪ねてきたそうであるから、

――なかなかに肝の据っている奴だ。

と思える。

そして、律々しく、涼し気な様子を醸しているのは、かえって謎めいている。

――油断ならぬぞ。

康右衛門は、恭《うやうや》しく自分に一礼してきた武士を見て、ますますそう思った。

「鬼塚隆三《おにづかりゆうぞう》でござりまする」

若い武士はそのように名乗った。

しかし、これは偽名である。

鬼塚隆三の正体は、芦川柳之助であった。

妻の千秋と別行動をとった彼は、その間に木原道場に揺さぶりをかけんとして、乗

り込んだのだ。

鬼の棲家に乗り込んで揺さぶりをかけるなど、大きな危険が伴う。

ましてやここは旗本屋敷である。

町奉行所の者が乗り込めるところではない。

屋敷内の生殺与奪は、当主の恩田外記にある。

外記が康右衛門の悪事にまで加担しているとなれば、抹殺されかねない状況に、自ら飛び込んだことになる。

柳之助は、千秋には知らさずにここへ来た。知らせると自分もついていくと言いかねないので、これでよかったのだ。

「鬼塚隆三殿とな……」

康右衛門は、にこやかに柳之助を見た。

何者かは知らぬが、もし、怖いもの見たさにここへやって来た物好きであるとすれば、

「存外に、落ち着いた先生でござった。荒くれの浪人衆が師と崇《あが》めるだけの貫禄《かんろく》がおありのようで」

などと外で噂を流してくれるのも悪くはない。

「して、ここへは稽古をつけてもらいに来たようじゃが……」

「はい。木原先生の御高名を耳にいたしまして」

「御高名、をのう……」

康右衛門はふっと笑って、

「ならば、この道場には請人なしで入門はできぬと、聞き及んではおられなんだかな」

柳之助をじっと見た。

「その儀ならば、知らぬでもなかったのですが、それではどうもまどろこしいと思いまして。手をこまねいていては金になりませぬ」

「金にならぬ……。剣術修行の者が口にする言葉とも思えぬが」

「それを申されますと、ここにお集まりのお歴々は、日頃どのようなお言葉を口になされておいでなのでしょうな」

柳之助はニヤリと笑った。

「おのれ、何を言いたい！」

野田が聞き咎《とが》めた。

他の浪人達も気色ばんだ。

「日頃より方々は、ここで稽古に励んでいるわけではございますまい。そう申し上げているのですよ」

「何だと……」

利兵衛は、顔に怒気を浮かべて、柳之助の前に一歩踏み出した。

「ふふふふ……」

それを康右衛門が制した。

「確かに、ここに集う我が弟子達は、日頃稽古にいそしんでいるわけではないかもしれぬが、貴公は我らが何をしていると思うておるのじゃ？」

「さて、それはよくわかりませんが、剣術の腕を生かした金儲《もう》けにいそしまれているのかと」

「ならば貴公は、少しでも早く、その金儲けに加わりたいと申すか」

「いかにも、誰かに口利きを頼んでいる間にも、こちらではあれこれと金になることに精を出されているのであろう、と」

「それで、まず訪ねてきたというのか」

「はい」

「おもしろい男じゃのう」

康右衛門は、しげしげと柳之助を見た。

涼し気な顔で、

「わたしを悪事に加えてください」

と、稽古にかこつけて頼みに来たとは、なかなかの悪党ではないか。

――いや、それだけとは限らぬ。

康右衛門は悪事の主領だけに、方々に気が廻《まわ》る。

奉行所、火付盗賊改《ひつけとうぞくあらため》、目付などの廻し者とも考えられると疑った。

悪は悪なりに、仲間選びには気を遣う。

どこの誰かともわからぬ者を、うろうろさせるわけにはいかないのだ。

「鬼塚隆三殿、貴公は何か思い違いをしているようだな。確かに我らはしがない浪人ゆえ、互いに助け合い、内職を分かち合うたりもするが、それはあくまでも方便《たつき》を立てるためのものだ」

康右衛門は、顔色ひとつ変えずに告げた。

「ならば某《それがし》にもその内職を回してはくださりませぬか」

柳之助は尚《なお》も食い下がった。

「内職の世話くらいして進ぜよう。どのような仕事がよいかな?」

康右衛門も淡々と喋《しゃべ》りながら、柳之助の出方を見極めんとした。

「どのような仕事……。蔵前辺りで蔵宿師や対談方……、などができれば金になりそうですがねえ」

木原道場の者達が、一斉に鋭い眼光を柳之助に向けてきた。

──やはり、こ奴らは蔵前で一稼ぎしているらしい。それも随分と込み入った事情を持っている。

柳之助はそのように見たが、揺さぶりはこの辺りまででよかろうと、

「いや、これは某のとんだ思い違いのようでござった。ひらに御容赦を……」

道場を辞さんとしたが、

「せっかく参られたのだ。せめて稽古をしていけばよろしい」

「稽古を……」

「そもそも稽古をつけてもらいたいとやって来たのであろう」

「そうでござった……」

「今日は請人がなくとも、貴公の熱意に免じて、付けてさし上げようと申すのじゃ」

「いや。それは……」

「まず袋竹刀《ふくろしない》を取られよ」

康右衛門は、野田に袋竹刀を手渡すよう命じ、止《や》むなく柳之助はこれを手に取った。
「申しておくが、当道場の稽古は一旦始まると、なかなか厳しゅうござるぞ」
そう言い置いた刹那《せつな》、一人の門人がいきなり手にした袋竹刀で柳之助に打ちかかった。
柳之助も、隠密廻り同心として、ここにいる連中以上に修羅場を踏んでいる。
いきなりの襲撃は予想していた。
痛い目に遭わせて、二度と近寄らぬようにするつもりなのであろう。
さっと飛び下がり、そ奴の一刀をかわしつつ、引きながら面を打った。
頭を割られた門人は、その場に崩れ落ちた。
——こ奴め、なかなかに遣う。
柳之助の技に一同が瞠目《どうもく》して、稽古場が一瞬の沈黙に支配された。
その機を逃さず、
「好い稽古でござった。御免……!」
柳之助は惚《とぼ》けた声で頭を下げると、太刀を摑《つか》んで一目散に逃げたのである。

（六）

深川六間堀端の道は、武家屋敷の塀が続いて、まだ日も暮れていないというのに、深夜のような物寂しさであった。

冬の到来を覚えさせる冷たい風が、時折、芦川柳之助の歩みの邪魔をした。

恩田屋敷を無事に出られたものの、このままではすむと思えない。

――これはまた、深く突つき過ぎたかもしれぬ。

柳之助は奥歯を嚙《か》み締めた。

内職のあたりで止めておけばよかったのだが、つい蔵前の話を出してしまった。

札差は、富と力を持っている。

木原康右衛門がそこから金を引き出さんとしているとするならば、

――鬼塚隆三、どこから出てきたねずみであろう。

と、追手をかけるに違いない。

道場破りをしにきて逃げた不埒者《ふらちもの》だと言いたてて、門人達が捕えにくると、十分に考えられる。

「いや、ひとまず追わぬふりをしつつも後をつけ、こっちの正体を探るつもりかもしれぬ」

柳之助は独《ひと》り言《ご》ちた。

自分なら下手に騒がず、相手の正体を見極めんとするだろう。

いずれにせよ、少しでも早くこの辺りから立ち去らねばならないのだが、それでは木原の出方がわからぬままとなる。

柳之助は逃げながらも、道に迷ったふりをして、追手の到来を待ち受けた。

だが、殺気が近付いて来ることはなかった。

木原道場は、謎の鬼塚隆三を下手に捕えようとせず、泳がせて何者か確かめる策に出たようである。

〝鬼塚隆三〟の腕もなかなかのものだ。

容易く捕えられまい。騒ぎを起こすのも得策ではないと考えたらしい。

実際、あの後、木原康右衛門は、

「あ奴のあとをそっとつけて、何者か確かめてこい」

と、野田に命じていた。

野田は、これも木原道場ではなかなかに腕の立つ小椋《おぐら》某と共に、鬼塚隆三の後を追ったのだ。

二人はすぐに、隆三こと柳之助の後ろ姿を捉えたが、

「よし、ここからはそっとつけるぞ」

と、日頃より見知った道である。巧みに間道を抜けて後をつけた。

荒くれ剣客浪人とはいえ、日頃から悪事に手を染めている野田と小椋は、こういう諜報《ちょうほう》の術にも長《た》けているのだ。

つけられている柳之助は、背後に人の気配を覚えるが、それが木原道場の連中かどうかは確《しか》としなかった。

それだけ、野田と小椋が巧みであるのだが。

——ここは揺さぶりをかけてやろう。

道に迷ったふりをして、幾つかの角を曲がっていた柳之助は、ここぞというところで俄に駆け出した。

「おのれ、気付かれたか……」

「見失うなよ」

野田と小椋も駆け出した。

柳之助はその気配で、自分がつけられているのを悟った。

こうなると、柳之助の方でもそれなりの策は立てられる。

間者の二人を引き付けるだけ引き付けておいて、目当ての辻《つじ》に出た。

野田と小椋はこれを追う。

すると、一人の町娘が横合から駆けて来て、

「ちょいと助けておくれよ！」

と、二人の前に立ち塞った。

「これ、そこをのけ……」

「お前に構うてはおられぬ」

大声も出せず、野田と小椋はやり過ごさんとしたが、

「そんな薄情なことをお言いでないよ」

尚も娘は絡みつく。

娘の動きは敏捷《びんしょう》で、避ける二人の前へ前へと出て、引き止めんとするのだ。

「おのれ、のかぬと痛い目に遭わすぞ……」

野田が脅しをかけたが、

「助けてくれないと、もっと痛い目に遭うんだよ！」

娘は一歩も引かない。

この不思議な娘は、千秋付きの女中で武芸の達者であるお花《はな》であった。

「こ奴め……！」

小椋が堪《たま》りかねて、お花を張り倒さんとした時、

「待ちやがれ！　この馬鹿娘が」

と、四十絡みの男が駆けてきた。

「お父《と》っさん！　許しておくれよ」

「たわけが！　今日こそは思い知らせてやる！」

「早く娘を連れて行け！」

野田は遂に声を荒らげたが、今度はお花に男が加わって野田と小椋の行手を塞いだ。

二人は、おかしな父娘を振り切ろうとして振り切れず、困惑した。

父娘喧嘩《げんか》をしているようで、男と娘は二人の間を巧みに外して、行手を塞ぐのだ。

お花の父親役を演じているのは、千秋の叔父、勘兵衛《かんべえ》であった。

日頃は、江戸橋の〝よど屋〟という船宿の主《あるじ》として風流を愛《め》でて暮らしているのだが、〝将軍家影武芸指南役〟の弟であるから、武芸を一通り修めている。

時にそれを生かして、千秋の手伝いをするのが近頃の楽しみとなっていた。

この度もまた、

「おれの出番はないのか」

と、千秋が柳之助と潜入の任についてからというもの、お花にうるさく言ってきていたのである。

芦川柳之助も、その盟友の外山壮三郎も、今では隠密廻りの助《すけ》っ人《と》として、勘兵衛を頼りにしている。

この度は、柳之助の木原道場潜入の露払いを頼んだ。勘兵衛は、この密命を受け、大いに張り切っていた。

そして、勘兵衛とお花が組めば、腕に覚えがあるとはいえ、不良浪人二人を翻弄するくらいわけもない。

「ええい、のけと言うに！」

野田がお花を突いた。

お花のことであるから、突かれはしたが、瞬時に体を反応させ、僅かに肩に手が当ったくらいに止《とど》めたのだが、

「ちょいと、何をするんだい……」

お花は、いかにも突き飛ばされたように、傍らの塀にわざと体をぶつけた。

「おう！　素浪人！　お前、うちの娘を突きやがったな！」

これに勘兵衛が激昂《げっこう》した。

「今度は己を突いてやるぜ！」

それに小椋が腹を立てて、勘兵衛の胸倉を摑んで、拳を突き入れんとしたが、

「やるってえのか！」

勘兵衛はそれをさらりとかわして、小椋の腹を蹴りあげた。

「おのれ……」

思わぬ強烈な一撃をくらって、小椋はその場に屈《かが》み込んでしまった。

野田はそれを見て、思わず刀に手をかけたが、お花はすかさず、

「馬鹿野郎！」

と、背後から草履で野田の頭を丁《ちょう》と打った。

その痛みで眼前に星がちらついたか、

「うッ……！」

野田の動きが止まった。

そこへ間髪を入れず、勘兵衛が飛び蹴りを入れて仕留めた。

「お父っさん、弱い奴らだねえ」

お花が、動けなくなった二人を見て笑うと、

「おい、まだこっちの話は終っちゃあいねえぞ！」

勘兵衛は芝居を続ける。

「お父っさん……。もう勘弁しておくれよ」

そして、さらに逃げるお花を追いかけるのであった。

「な、なんだ……。あの父娘は……」

「滅法、喧嘩が強い……」

野田と小椋が地に這《は》ったまま唸《うな》った。

その姿を遠く離れた辻の角から、微行《びこう》姿の外山壮三郎と密偵の九平次《くへいじ》が、柳之助と共に眺めていた。

「まずこれで、木原は落ち着かなくなるだろう」

壮三郎は満足そうに呟いた。

「蔵前の話には、触れられたくないようだ。この先、さらに突つけば、何かが見えてくるかもしれぬ」

柳之助は、ほっと一息ついた。

蔵前には闇がある。そこに割って入った木原康右衛門は、大きな金が動くところだけに、彼自身が呑み込まれつつあり、あがいていると言えよう。

「親分、こっちは首尾よくことが運んでいると、千秋に上手く繋ぎをとってくれねえかい」

「へい、畏まりました」

九平次は片手拝みをしてみせる柳之助に、大きく頷くと、夜の色に染まり始めた深川の町に消えていった。

（七）

一方、夫・柳之助の別行動が気になる千秋は、村井庫之助、その娘・ふゆ、次男・達之助が久しぶりに集う宴《うたげ》に付き添っていた。

長男・栄之助とは父子で数日過ごし、盃《さかずき》のやり取りもした。

残る二人の子供とこうしてまた盃を掲げられれば、

——もう、思い残すことはない。

そんな心地の庫之助であった。

千秋は、出来るだけ親子三人のひと時を作ってあげようと、台所と座敷を行ったり来たりして、給仕に廻った。

「わたしがやりますから、少しは休んでください」

と、ふゆは気遣ったが、

「このために付いてきたのでございますから、どうぞ先生方お三人で……」

千秋は、ふゆをうろうろさせたくないと、台所に籠ったものだ。

とはいえ、遠耳の千秋のことだ。三人がどのような話をしているかは、しっかり聞き取っていた。

生来、陽気で屈託がないのが身上の達之助は、酒が入るとさらに賑やかになって、宴を盛り上げた。

「もっと早く、こういう機会を作るべきでございましたね」

達之助は悪びれずに語った。

「父上が頑なのがいけないのです。何度も訪ねようと思いましたが、せっかく行ったのに怒らせてしまえば、後生が悪うございますからね」

「何を言うのだ。おれを頑固な親父にしたのはお前達ではないか」

庫之助は憎まれ口を利いているが、親子ならではの団欒《だんらん》が会話に表れていた。

しかし、千秋が感じたところでは、はきはきと話していたふゆが、次第に言葉少なになっているような——。

「だが申しておく。父がいかに頑であっても、それを恐れてはならぬ。親というものは、いくら怒っていても、心の底では諦めているというものだ」

自分は、許せないと怒るが、親との縁を繋ぎたいと思うなら、恐れず臆せず真実を伝え、上手に宥めてくれたらよい。とどのつまりは、笑って許してしまうのだということを、不器用に回りくどく庫之助は伝えていた。

それでも、ふゆは言葉少なに、庫之助と達之助のやり取りを、ただ聞いているばかりである。

千秋には、本当は庫之助に伝えたいことがあるのに、なかなか口に出せずにいるように思えた。

台所には自分も立つとふゆが言ったのは、そうしないと庫之助との間を取りにくいからであったのかもしれない。

そういえば先ほど達之助が、

「姉さん、もう父上とは話をしたのですかな?」

と、意味ありげに言っていたのが気になった。

そんなふゆの異変に気付いているのかどうか、千秋が読めぬままに、庫之助はほろ酔い気分となって、

「この際、お前達がおれに言い辛いことを、まとめて聞こうではないか！」

などと調子よく言った。

それを台所で聞いていた千秋は、傍らの裏口から俄に入って来た男の影に、はっとして向き合うと、

「皆が世話になってすまないね」

そこには長男の栄之助が立っていた。何とその腕には赤児が抱かれていた。

「これは、お越しでございましたか」

千秋は栄之助に頬笑みを返すと、

「その赤児は確か……」

今朝、庫之助とふゆの家を訪ねて来た時に、町の女房が預かってもらっていたと、引き取りに来た赤児であったように思えた。

栄之助は千秋の問いには応えずに、ニヤリと笑って、

「ああ何でも聞いてやるぞ。どうせお前らには驚かされてばかりであったのだ。今さら何を驚くものか」

座敷から聞こえてくる庫之助の声に耳を傾けた。

「あき殿、一緒に来てくれぬかな」

栄之助は、悪戯《いたずら》っぽく千秋を促して、共に座敷へ入った。

庫之助は、いきなり栄之助が赤児を抱いて現れたので、さすがに驚いた。

「栄之助……」

「ふゆと達之助が一緒となれば、わたしも参らねばなりますまい」

「お前は……。あれこれ勝手な真似《まね》をいたしおって」

「いけませんでしたか？」

「そうは言わぬが……。して、その子供は、今朝どこぞの女房が引き取りに来た子ではなかったのか？」

庫之助はふゆを見た。

ふゆは慌てていた。

「兄さん……」

「ちょうどよい折ではないか」

栄之助は、ふゆににこやかに頷くと、

「この子は、わたしの甥《おい》にございます」

「お前の甥……？」

「父上にとっては孫」

「何と……」

庫之助は目を丸くしてふゆを見つめた。

「今朝見た時、何やら無性に気になったのだが、この子はお前の……」

「はい。松太郎《まつたろう》と申しまして、わたしが産んだ子にございます」

ふゆは手を突いて、庫之助を祈るように見た。

（八）

松太郎の父親は、仁木竹次郎《にきたけじろう》という算学者であるという。

三年前に縁が出来た。

算盤、算術が不得意なふゆは、これではいけないと、鮫《さめ》ヶ橋《はし》に居を構える竹次郎に入門し、時折通うようになり、やがて親密な間になった。

ところが、竹次郎に上方から、講義の依頼があり、この機会に二年ほど遊学をしてみればどうかと、和算の学者達が勧めた。

竹次郎は、ふゆを妻にしたいと思っていたし、ふゆを連れて江戸を離れると、手習い子達も困るであろうと、この誘いを断ろうとしたが、

「このような機会を、わたしのために潰してはいけませぬ」

と、送り出した。

「三年の間、待っていてもらいたい」

ふゆの意見を容れた竹次郎は、そう言い置いて旅発《だ》ったのだが、その直後に、竹次郎の子を宿していることに気付いた。

そして、手習い子とその親達の助けを得て、ふゆは無事に松太郎を産んだのだ。

「たわけ者めが。何ゆえそれを今まで黙っていたのじゃ。栄之助、達之助、お前達も知っていたのであろう。皆で父をたばかりおって」

話を聞くと、庫之助は子供達を叱りつけたものだが、今日の老師はどこまでも穏やかならんとしていた。

「まあ……、お前としては、あれから新たな男ができて、まだ祝言《しゆうげん》もあげぬまま子ができたとは言い辛かろうな」

と、ふゆに頰笑んだ。

「申し訳ございませんでした」

ふゆは、庫之助が松太郎を認めてくれたと思って、ほっとした表情となり経緯を語った。

「和算の学者で、仁木竹次郎か。なるほど、それでお前は算盤、算術に明るうなったのじゃな」

手習い師匠としての務めをしっかり果さんとして、仁木竹次郎と知り合ったのだ。その出会いは美しいものではないか――。

庫之助は大いに納得した。

「栄之助、その子をよこせ、おれのかわいい初孫だ」

そして、松太郎をぎこちない手付きで抱き上げると、

「お前の爺《じじ》イじゃぞ。よう生まれてきてくれたな」

庫之助は思わず涙ぐんだ。

しかし、まだふゆの表情は晴れない。

「父上、それがふゆはまだ、松太郎のことを仁木殿に知らせていないと言うのです」

栄之助が言った。

「何だと……。ふゆ、何ゆえ知らせぬのだ」

庫之助は、娘の新たな婚儀を素直に喜び、祝福せんとしているのに、何たることかと、たちまち不興を顔に浮かべた。

「お前に子ができたことを喜ばぬ。そんな情けのない男なのか、その仁木竹次郎とい

う学者は」

栄之助と達之助は取りなそうとしたが、物の言いようによっては、再び庫之助の心を頑にしてしまうかもしれない。

何と言えばよいかと逡巡《しゅんじゅん》する兄妹の横から、千秋が身を乗り出し、

「子ができたと知らせれば、仁木先生がもう少し旅を続けて、学問を修めたいと思っていたとしたら、その妨げになると思われたのですね」

と、ふゆに言った。

ふゆは、ゆっくりと頷いた。

「文のやり取りをしてはおりますが、何年か離れて暮らすうち、仁木先生が他のどなたかを妻に望まれることになるかもしれません。その時は、どうぞわたしのことはお気になさりませぬようにと申し上げて、この子をわたしが独り占めしてやろうと……」

そして彼女は、少し首を竦《すく》めてみせた。

「なるほど。そこまでお考えでしたか」

千秋は感じ入った。

たとえ男が心変わりをしたとしても、この子だけは自分のものであり、この先の人

生のようすがとなるようにと、先手を打っているのだ。

仁木竹次郎は、時折、ふゆに文を送り、変わらぬ想いを伝えているらしいから、それを知れば憤るかもしれないが、江戸に我が子がいるとわかれば、落ち着かなくなるのは必定《ひつじょう》である。

そこを突かれると、ふゆの強い愛情を覚え納得せずにはいられまい。

庫之助は苦笑いをした。

「一度夫婦別れをすると、あれこれ考えてしまうらしい。うむ、男と女も己が好い間合を取り合おうとするか……」

「はい。父上、それだけ松太郎が愛《いと》おしゅうございます」

「うむ。深く慈《いつくし》んでやるがよい。だが、ふゆ、おれはお前の夫の顔も見たい。そろそろ便りを送り、松太郎のことを知らせてさし上げるがよい」

「姉さん、わたしもそう思います。以前、一度仁木先生に会うたことがありますが、あのお方は姉さんにぞっこん。他の女には見向きもせぬはず。松太郎が生まれたと知れば、どれほどお喜びになるか……」

「ふふふ、本当のところは、あのお方の心変わりなど案じてはおりません。念には念を入れたというところで」

「それならふゆ、すぐにでも知らせてさしあげよ」

「栄之助の言う通りじゃ。ふゆ、お前はいささか人が悪いぞ」

「左様でございますね……。すぐに便りをいたします」

「うむ、それがよい。松太郎のことを知らせれば、学問に身が入らず、腰砕けになるかもしれぬと、案ずるのもわかるが、妻と子が傍にいれば、江戸でまたやる気になるというものだ。おれがそうであった……」

庫之助は、つくづくと抱いている松太郎の人形のような顔を見ながら言った。

栄之助、ふゆ、達之助は、それぞれ威儀を正して、軽く父に頭を下げた。

「育ててくれてありがとうございました。父のお蔭で今があることを、決して忘れてはおりません」

そう言えば好いのであろうが、そんな言葉を改めて口にするのは照れくさかった。

言葉にしなくとも、わかり合えるのが親子なのだ。

「皆様、お揃《そろ》いでよろしゅうございました」

千秋は、子供と孫に囲まれて、今にも嬉し泣きをしそうな庫之助の姿に、彼女自身、泣きそうになりながら、祝いの言葉を言った。

「あき殿がここにいてくれて何よりであったよ」

栄之助が目を糸のようにした。

「これで、兄弟が打ち揃ったような気になる。ふゆも達之助もそう思わぬか」

「わたしも先ほどから、不思議な気持ちになっておりました」

「亡くなったあきが、いるような気が……」

ふゆと達之助は、栄之助の考えていることがすぐにわかった。

芦田あきを、四人兄弟のうち、一人早世してしまったあきに見立てて、あの日を懐かしもうというのだ。

この度の、庫之助のふゆの家へのおとないに際して、庫之助は剣術修行中の芦田隆三郎にとっては、身にならぬ一時だけに、芦田夫婦には別行動を勧めたが、

「とはいえ、父上一人で訪ねるのも気が引けましょう。あき殿、すまぬが付いてさしあげてくれぬかな」

栄之助は、千秋に供を頼んだ。

ふゆを訪ねるように勧めたのも栄之助で、父との久しぶりの再会に目が開かれた彼は、この機会に親子打ち揃っての宴の開催を企《たくら》んだのだ。

しかも、達之助から知らされていたふゆの子供・松太郎のお披露目をそこで執り行い、今まで子の存在を明かしていなかった妹をとりなさんと考えた。

その場に、亡くなったあきに似た芦田あきを同席させると、尚好い趣《おもむき》が出るだろう。

「栄之助、お前はただの乱暴者だと思うていたが、なかなか味なことをするではないか」

庫之助は、込みあがる感動をぐっと噛み締めて、一同を見廻した。

彼の目の前には、何としてでも自分の手で立派な大人に育ててやると誓った、愛しい四人の子供達のあどけない顔が浮かんでいた。

亡くなったあきの姿もある。

さらに自分の腕の中には、新たに生を受けた孫がいる。

村井家は万々歳ではないか。

庫之助は松太郎を抱いたまま立ち上がり、

「松太郎、お前は皆の宝じゃよ。ふゆ、しっかりと育ててやれ」

しみじみとした口調で言うと、今度は一転して、

「栄之助、ふゆ、達之助……。お前達は、手塩にかけて育ててやったというのに、どいつもこいつも勝手な真似をしてくれたものよ。その上に、松太郎のことにおいては父をないがしろにするなど言後道断の所業じゃ。だが、おれはお前達の父であることを誇りに思うて、老い先短き日々を生きていこう」

厳しい表情で、己が想いを告げた。

こんな言い回しでしか気持ちを伝えられないのが、村井庫之助である。

子供達は、この頑固親父と会いたかったのだ。

怒りながらもそっと自分達を支えてくれる、何と慕わしい、頑固親父であろうか。

――わたしの父に似ている。

千秋は、父・善右衛門の姿を思い出しながら、彼女もまた幸せな心地になっていた。

それから親、子、孫が集う宴は、気難しい父親を中心に、大いに盛り上がった。

末娘のあきに似ているゆえ、一緒にいてくれたらありがたいと、歓迎を受けた千秋であるが、飾りとはいえ他人の自分が村井家の宴にいるのはどうも具合が悪かった。

ましてや千秋は、庫之助の本心を探り出さんとして、身分を偽り潜入している身なのだ。

芦田あきに成り切って、楽しく宴に加わるのは気が引けて、彼女は出来るだけ台所にいて料理を拵える方に廻っていた。

日もすっかりと暮れてきて、

「厠《かわや》へ参る！」

上機嫌の庫之助の声が聞こえたかと思うと、

「この度は色々と忝《かたじけな》く……」

庫之助が台所に顔を出した。

「いえ、これも夫の修行のためでございますゆえ」

にこやかに応える千秋であったが、庫之助は真顔で鋭い目を向けて、

「わたしも、それなりに厳しい世を生きてきた。武芸者として命をかけた戦いに身を置いたこともあった。そのわたしが見たところでは、あき殿……、それが本当のそなたの名かどうかは知れぬが、そなたはただ夫の修行に付いて江戸へ出て来ただけではないのであろう」

低い声で問うた。

いつかこんな問いかけをされるかもしれないと思っていたが、今の千秋にはどう応えていいかわからなかった。

「と、申されますと？」

ひとまず顔色も変えず、相変わらずにこやかに問い返した。

「夫の剣の師としてわたしを選んだばかりではなく、わたしと同じ敵を求めているのではなかったのかな？」

「同じ敵を……？」

「もしそうであれば、そなたは頼もしい味方じゃ。そろそろ肚《はら》の内をさらけ出してくれてもよかろう」

「先生の思うところの真の狙いも……」

「よい。ここにいたれば、何もかも打ち明けよう」

「ありがとうございます。それなら、向島の道場へ戻った折に、夫を交じえてお話しさせていただきとうございます」

「隆三郎殿と?」

「わたしの一存では何とも……」

「相わかった。わたしも今日で、思い残すことはなくなった。弱いふりをしている隆三郎殿を交じえて、じっくりと話をさせていただこう」

「畏まりました……。ご無礼をお許しくださいませ」

「まずそれまでは、子供と孫と、戯《たわ》むれていよう」

「どうぞ、お楽しみくださりませ。ひとつだけ申し上げておきます」

「何なりと」

「わたし達夫婦は、どこまでも先生のお味方と、お思いくださりませ」

「それはありがたい」

庫之助はニヤリと笑って、子供達が待つ座敷へ戻っていった。

いよいよ村井庫之助の本音に触れられる日がきた――。

千秋は、全て見透かされていたのかと、緊張を禁じえなかったが、すぐに村井家の面々の笑い声が台所まで聞こえてきて、

――今はこのほのぼのとした温かさに触れていたい。

と念じつつ、夫・柳之助に想いを馳《は》せていた。

第四章　決闘

（一）

向島《むこうじま》の道場に戻ると、芦川柳之助《あしかわりゅうのすけ》が独りで型の稽古をしているのが目に入った。

村井庫之助《むらいくらのすけ》と千秋《ちあき》は、顔を見合って目を細めた。

柳之助は二人の帰りを悟って、型稽古の練度をさっと落したのだが、庫之助は既に隆三郎が下手なふりをしていると看破していた。

千秋も、もはやこれまでとそれを認めたので、柳之助の芝居がおかしかったのだ。

今日は、庫之助の〝思うところ〟を、夫婦の前で打ち明けることになっていた。

だが、その繋《つな》ぎはまだ千秋から柳之助にとられていなかった。

千秋が庫之助の供をしている間、柳之助も木原《きはら》道場へ揺さぶりをかけに行っていて、密偵の九平次《くへいじ》、小者《こもの》の三平《さんぺい》もそちらに手が取られていた。

父と子の団欒《だんらん》にまで、手の者を侍《はべ》らせるのも気が引けたゆえ、千秋は一人で臨んだのだ。

ところが、三人の子供に孫まで登場した宴《うたげ》の中《ちゅう》に、庫之助が千秋を捉えて己《おの》が決意を示したので、夫婦は新たな芝居への切り換えを迫られていたのである。

「先生、お帰りなさいませ。勝手に稽古場を使わせていただき、申し訳ございませぬ」

柳之助は隆三郎として、庫之助を迎えたが、

「隆三郎殿、僅かな間会わなんだだけであったというのに、何やら久しいのう」

庫之助はからからと笑って、

「この後は、下手なふりは止《や》めて、存分に揮《ふる》われるがよい。あき殿と三人、身になる稽古ができましょうぞ」

大きく頷《うなず》いてみせた。

「は……」

目を丸くする柳之助に、千秋は目で、あれからの成り行きを伝えた。あらゆる局面を想定して、その場の対応を変えられるよう、夫婦は日頃から稽古を積んでいるゆえ動揺はない。

「わたくし共の本当の狙いをお話しした上で、先生のお考えをお聞かせ願えることに相成りました」

柳之助にとっては、千秋のその一言ですべてがわかる。

「いや、これは畏れ入りまする。どうぞ、これまでの御無礼をお許しくださりませ」

柳之助は素直に認めて、深々と頭を下げた。

「わたしもいよいよ迷いがのうなった。体の方にはいささか不安はあるものの、もはや思い残すこともものうなった。それは御貴殿方のお蔭《かげ》じゃ。また、今では二人共わたしの強い味方と思うておりまする。まず、話を……」

庫之助は実に清々《すがすが》しい表情となり、道場へ入ると、芦田夫婦の真の望みを問うたのであった。

柳之助と千秋は、さらなる嘘《うそ》を重ねるのは心苦しかったが、さすがにここで奉行所の手の者であるとは明かせない。

須田桂蔵《すだけいぞう》が、木原康右衛門《やすえもん》の悪事に加担していたことがあったとすれば、真実を語りたがらぬかもしれなかった。

まずここは、千秋が何らかの話を庫之助としていたはずゆえ、妻に新たな打ち明け話をさせることにしたのである。

——さすが千秋だ。おれの妻だ。

柳之助は妻の機転と聡明《そうめい》さに感じ入った。

この夫婦は、どんなところからでも、睦《むつ》み合えるらしい。

「五年前になりましょうか。目川宗徹《めかわそうてつ》という武芸者がおりました」

「目川宗徹殿、聞いたことがあります。念流《ねんりゅう》の遣《つか》い手で、廻国《かいこく》修行中に果し合いにて命を落したとか」

「左様にございます。目川宗徹は、我が芦田家所縁《ゆかり》の者でございましたが、木原康右衛門なる剣客と立合うたところ、無念にも討ち死にをいたしました」

千秋は淡々と語った。

これは予《あらかじ》め打ち合わせていた話であった。

目川宗徹なる剣客がいて、木原康右衛門に討たれたというのは本当の話である。千秋と柳之助はこの者が芦田家の縁者ということにしたのである。

「木原康右衛門がその相手であったとは聞き及んでおりましたが、目川殿が芦田殿所縁の御仁とは知らなんだ……」

庫之助は身を乗り出した。

「ことの真相は藪《やぶ》の中となりましたが、木原が果し合いと言いながら、助太刀の者を集め、大勢で取り囲み、殺害したと思われます」

「なるほど……」

「以来、我が家はいつか木原康右衛門とその一党に対して、目川宗徹の仇《かたき》を討ってやりたいと、江戸表と示し合わせて、これまでそっと木原の道場を探って参りました……」

それは南町奉行所の取り調べそのものであるが、千秋は芦田家が武門の意地を晴らさんとしてきたことに置き換えた。

道場には不良浪人が集《つど》っていた。そこは旗本屋敷内にあるので、なかなか探りも入れられず、出入りしている門人を見張っていたところ、明らかに一人、人品卑しからぬ武士がいるのがわかった。

それが須田桂蔵であった。

この武士なら話が聞き出せるかもしれないと、南町の手の者が近寄った。桂蔵が野良猫を愛《め》でている姿を見て、猫好きならば猫を介して話が出来るだろうと、飼い猫を

放し、桂蔵が抱き上げたところで、

「これはうちの猫が世話になり申した」

と声をかけ、近付きになったのだ。

「須田桂蔵……。確かにあ奴《やつ》は猫が好きであった……」

庫之助が懐かしそうに言った。

「須田様は、先生のお弟子であったのですね？」

「いかにも、あ奴がそう言ったのか？」

「いえ、確《しか》とは申されませんでしたが、向島に大恩ある先生がいるとだけは」

「左様か……。それで、わたしと知れたのじゃな」

「はい。調べてみると正しく、村井先生の許《もと》に、ほんの一時《いっとき》、入門していたことがあると」

村井庫之助といえば、高崎《たかさき》城下に逗留《とうりゅう》して、松平《まつだいら》家家中の者に剣術指南をしたこともあった武士である。

その弟子であった者が、また何ゆえ、木原道場などに出入りしているのだろう。その疑問を覚えつつ、村井先生の許に一度でもいたのなら、そこからさらに近付きとなって、木原道場の様子を探ることも叶《かな》うのではないか――。

「そう思うていた矢先に、須田様は何者かと真剣勝負をして果てられたと知ったのです」

「そうであったか……」

「すると、それから間もなく、村井先生は道場をおたたみになり、何やら思うところがおありの由、これはもしや、須田様の死に関わってのことかと存じまして、わたくし達夫婦が、そのお心を確かめんと参った次第にございます」

千秋は打合せ通り、新たな芦田夫婦の物語を見事に述べた。その上で、

「この度の御無礼、何卒《なにとぞ》、ひらにお許しくださりませ……」

改めて詫《わ》びる柳之助と共に平伏した。

庫之助は千秋の話を聞いて感じ入っている。

やはり、隠密《おんみつ》夫婦が思っていた通り、庫之助は須田の仇を討ってやろうとしていたのだ。

自分達が手を貸すことで、庫之助の本懐は遂げられるであろう。

しかし、自分達を信じて止まぬ老師を欺《あざむ》いている辛《つら》さは柳之助と千秋の胸をかきみだし、彼の顔を確と見ていられなかった。

（二）

夫婦の話を聞くと、村井庫之助は実に晴れやかな表情となった。

「初めからそれを言うてくれればよかったものを……。とは申せ、ご両人が訪ねてきた時のわたしであれば、きっと怪しんで、まともに取り合おうとはせなんだであろう。ははは、それにしても、頼りない婿殿が、目録を得るために夫婦で訪ねてきたとは、よう考えたものじゃ」

彼は楽しそうに笑うと、

「須田桂蔵とは旅で知り合いましてな……」

桂蔵との思い出話を始めたものだ。

三年前のこと。

庫之助は久しぶりに諸国行脚《あんぎゃ》を思い立ち、道場を師範代に任せ、長い旅に出た。

ところが旅に出てすぐに、同じく旅の兵法者と出会い、武芸談議が高じて口論となった。

庫之助は適当にあしらおうとしたのだが、相手は頑迷な男で、

「それなら何《いず》れが正しいか立合で決めよう」

などと言い出す始末。

庫之助はこれまでどんな時でも、そういう争いは避けてきたが、いい加減腹が立ってきて、棒切れでの立合に応じるとあっさりと相手の技をかわし、胴に一太刀入れて完勝した。

長居は無用と、立合の場となった松林を抜けて先を急いだが、それなりの興奮と旅の疲れが出たのであろう。持病の心の臓の発作が起こってしまった。

悪いことに冬の空が俄《にわか》にかき曇り、動けなくなった体に雨が降り注いだ。

――このままでは死んでしまう。

誰か助けを呼ぶにも人気《ひとけ》はなく、もはやこれまでかとさえ思った時。

「先生、某《それがし》におつかまりくださりませ」

と、抱え上げ、近所の百姓家まで運んでくれたのが須田桂蔵であった。

桂蔵は貧農の子で、野垂れ死ぬところを須田左門《さもん》という旅の武芸者に拾われ、その弟子となり旅に育った。

だが、父であり師であった左門は、旅の中に亡くなり、以後は一人でさ迷うがごとく旅を続けていたところ、庫之助の姿が目に留まったという。

温和な風貌であるが、剣に対する思い入れは強く厳しく、亡くなった師を彷彿《ほうふつ》とさせる。

そっと様子を窺《うかが》ううちに、ますます庫之助の人となりに魅《ひ》かれ、弟子入りを願い出ようと思ったが、なかなか声をかけられずにいた。そして庫之助の松林での立合を見て、

「やはり腕の方も大したお人だ」

と感服し、後を追いかけて今日こそは願い出るぞと心に決めたところ、倒れている庫之助を見つけたのだ。

やがて息を吹き返した庫之助は、命の恩人である桂蔵に入門を請われると、

「おかしな男よのう」

と苦笑しつつ、彼を弟子にした。

独りとなった桂蔵は、旅から旅の暮らしの中、村々の困りごとを手伝ったり、村人に剣を教えたりしながら食いつないでいたのだという。

百姓の出で、世慣れている彼は、独りで食べていくくらいは何とでもなるが、今の自分はまだ剣客に成り切れていない。庫之助のような人品卑しからぬ剣術師範の傍《そば》にいるだけで立派な武士になれる気がするのだと、喜々として供をした。

野良猫をかわいがり、草木を愛でる桂蔵のやさしさは、庫之助の心を和ませた。

道中、剣術を指南すると、思った以上に腕が立った。

養父であり師であった須田左門の薫陶を受けているのがわかった。

その頃、村井庫之助は三人の自慢の子供達とも疎遠になり、己が剣をいかに大成させるかという想《おも》いも稀薄《きはく》になっていた。

それゆえ自分のよさを見つけ、素直に付いてきてくれる桂蔵がかわいくて仕方がなかった。

向島の道場に札を並べる門人達は、もう何年もの間、庫之助に学んでいるとはいえ、皆行儀よく、真面目《まじめ》に師弟の契りを結んでいる感がある。

しかし、こうして旅で出会い、心身共に自分に傾斜していく、須田桂蔵のような男は一人もいない。

彼は百姓の出の自分が、剣客として認めてもらえるのならこの上もなく幸せだと思っていて、それを叶えてくれるのは庫之助しかいないと、敬愛してくれた。

庫之助は旅の間はさりげなく、武士はいかなるものかを教え、剣を徹底的に仕込んだ。

僅かな間に、桂蔵は、ますます腕を上げ、立派な武士になっていった。

「皆、先生のお蔭でございます」

と、桂蔵が感謝の念を告げれば、

「いや、亡くなった須田左門殿のなされた続きを、わたしが代わってしているだけじゃよ」

庫之助はさらりと応える。

師弟は実に濃密な数ヶ月を過ごした後、向島の村井道場に入ったのであった。

「田舎兵法者づれと、自らを卑下してはならぬ。やがて自《おの》ずと皆がお前の力を認めてくれるまでは、黙々と稽古に励むがよい」

庫之助がそのように諭すと、桂蔵はありがたく受け止めて、庫之助の内弟子として黙々と稽古に励んだ。

留守を守っていた師範代や門人達は、師が俄に連れ帰った桂蔵に戸惑ったが、新参者の慎みを崩さず、誰よりも熱心に稽古に励む彼に畏敬の念を示したものだ。

何といっても、控え目に振舞ってはいるが桂蔵の実力は師範代を凌駕《りようが》していて、何も言えなかったというところであった。

とはいえ、庫之助がかわいがるゆえ、門人達は上辺《うわべ》だけの付合いに終始していて、桂蔵が道場を去った後も、

「あの、素朴で滅法腕の立つお弟子……」

という印象しか残らなかった。

それだけ、桂蔵が向島の道場で過ごした期間が短かったためでもあるが、須田桂蔵との道場での暮らしは実に充実していた。

門人達が帰ってからも、旅の思い出話を肴《さかな》に師弟で一杯やったり、時に気になる術を二人で遅くまで稽古をして確かめ合ったり――。

子供達が離れて独りとなった庫之助にとっては真《まこと》に心地がよかったのだ。

それでも、桂蔵もまだ若い、

「たまには遊んでこい」

と、小遣いを与えて盛り場にも行かせた。

腕っ節の強い桂蔵のことゆえ、喧嘩《けんか》口論は戒めたが、思わぬ落し穴が待ち受けていた。

桂蔵が水茶屋の女に恋をしたのだ。

現《うつつ》を抜かして稽古に身が入らないようなことにはならなかったし、純朴な桂蔵は、惚《ほ》れた女の話はしなかったが、

「江戸で客をとっているような女には、不幸せな者が多いのですねえ」

などと庫之助に水茶屋で見聞きしたことを話すようになった。

惚れた女が出来た――。

庫之助はそれを察したが、

「客商売の女は、己が育ちをことさら不幸せに見せかけて、男の気を引くものだ」

と、突き放した。

そうでも言っておかないと、桂蔵のような純朴な男は、女に手玉に取られ、尻の毛まで抜かれかねないと思ったからだ。

苦界《くがい》に身を沈めている女は、そもそもが不幸せなのだ。いちいちそれに情を注いでいては修行の妨げになる。

「今思えば、〝お前、好《い》い女ができたのか?〟などと冷やかしながら、もっと話を聞いてやればよかったと悔やまれる……」

庫之助は回想すると溜息《ためいき》をついた。

桂蔵は、自分が盛り場で女遊びをしていると師は受け止め、不興なのだと思ったらしい。

それから数月の間は、一切そんな話はしなかったが、少し思い詰めた表情をしていた。そして突如、

「お師匠様……。わたしに二年の間お暇《ひま》をくださいませ……」

と、言い出した。

庫之助はぴんときた。二年の間に金を儲《もう》け、その女を請け出して、許されるものなら、夫婦して自分の許に戻りたいと、桂蔵は考えたのに違いない。

「女のために、二年の間、身を粉にして働くというのか？」

庫之助は不機嫌な顔となって訊《たず》ねた。

桂蔵は何も言わずに、ただ黙って頭を下げ続けた。

庫之助は、それが桂蔵の純情ゆえとわかっていた。しかし目をかけてかわいがり、いずれは一廉《ひとかど》の剣客にして一家を持たせて、立派な暮らしが送れるようになれば好いと考えていた桂蔵ゆえに腹が立ってならなかった。

「思うようにするがよい。お前の方から弟子入りを望んだのじゃ。出て行くというなら、それもまた存分にいたせ」

庫之助はそう言って突き放してしまった。

「申し訳ございませぬ……」

そして桂蔵は、涙ながらに詫びて、向島の道場から出てしまった。向島に来て三月《みつき》も経《た》っていなかった。

「何か困ったことがあれば知らせてこい」

その一言をかけておいたのが心の救いであったが、子供達同様、それ以降庫之助からは桂蔵の消息を求めなかった。

そして、二年ばかりが過ぎたある日。

須田桂蔵が、果し合いの末に斬り死にしたと噂《うわさ》に聞いたのである。

さすがに庫之助は動揺した。

まず自分に問い合わせがあってしかるべきだが、向島にいたのは三月足らずであったし、桂蔵はあれから木原康右衛門の道場に出入りしていたそうで、既に彼は木原の門人扱いとなっていたのだ。

庫之助は、それが哀《かな》しく、

――どうせ、よからぬ企《たくら》みに加担していたのであろう。

あの純朴な桂蔵はどこへ行ってしまったのだと気分が沈んだ。

一方では、あの純朴な男を突き放せば、どうなるかはわかっていたのではないのかと、自責の念にもかられていた。

落ち着かぬ日々を過ごしていると、ある日おれんという女が、一通の文《ふみ》を手に、庫之助を訪ねてきた。

「れんと申します……」

おれんは庫之助に会うや、三つ指をついた。

その女こそが、桂蔵がその境遇を哀れみ、何としても落籍《ひか》さんとした、水茶屋の女であった。

（三）

おれんは、桂蔵と同じ貧農の出で、幼い時に二親《ふたおや》と逸《はぐ》れた後は、親類の家を転々とした。

どこでも邪険に扱われ、成長すると自分を苛《いじ》め抜いた者達のために身を売らねばならなくなった。

水茶屋で出会い、自分と同じ境遇の彼女に同情した桂蔵は、おれんの許に通っては慰めたという。

庫之助からもらう小遣いくらいでは、足繁《あししげ》く通うことも出来なかっただろうが、桂蔵のやさしさにほだされたおれんが、商売抜きで相手をしたので、茶代を弾まずともよかった。

桂蔵には旅をしていた間に貯《たくわ》えた金もあり、それなりに会えたらしい。情が絡むと、桂蔵も恋を募らせ、何とかおれんを自由の身にしてやりたいと思い出した。

「おれにはお師匠様がいて、何よりも大事な御方だが、お前をこのままにはできぬ」

おれんは止めたが、桂蔵は遂《つい》に向島の道場を出て、用心棒稼業に手を染め始めた。

そのうちに蔵前《くらまえ》で目立てば、大金を摑《つか》めると人に聞き、蔵宿師《くらやどし》、対談方《たいだんかた》といった不良浪人がたむろする界隈《かいわい》へ出て、絡まれている者を助け謝礼をもらうことを覚えた。

真《ま》っ直《す》ぐに剣客の道を歩むはずが、足を踏み外してしまった。しかしそれは哀れな女を救うためであるし、非道な仕事で金を得るつもりはなく、あくまでも人助けになることで金を得んとしたのだ。

庫之助に入門してから飛躍的に強くなった桂蔵は、たちまち蔵前の顔となる。

そして彼の強さに目をつけたのが、木原康右衛門であった。

弱い者苛めや、阿漕《あこぎ》な仕事はしたくない――。

桂蔵はその想いをはっきりと告げたが、

「そなたには、泣いている者のために、その力を役立ててもらいたい」

康右衛門はそう言って、六間堀の道場に誘った。

「来れば納得のいく仕事を世話して進ぜるし、時には道場で稽古をしてくれたらよい」

そう言われると心が動いた。納得がいく仕事も欲しかったし、どんな相手であろうが構わぬゆえ、稽古がしたかった。

用心棒稼業に身を置いていても、道場で稽古が出来る暮らしを送りたかったのだ。

そうして、桂蔵は木原道場に出入りし始めた。

康右衛門は、桂蔵には世間の厄介者、嫌われ者相手の仕事を任せていたらしい。

「おれは手荒な真似《まね》をしているかもしれぬが非道な仕事はしておらぬぞ」

桂蔵はいつもそう言って、おれんを安堵《あんど》させていたものだ。

「桂さんの話では、木原康右衛門は、蔵宿師と対談方の両方を上手に渡り歩いて、その時々でお金になる方の味方をしていたようです」

と、おれんは言った。

その中にあって、桂蔵に任すべき仕事を上手《うま》く割り振っていたようだ。

しかし、康右衛門もとどのつまりは、金を持っている札差《ふださし》側に立つことにした。

といっても、対談方を務めたとて実入りはしれている。何か大きなやまを狙っていた。

そして、今年の春も終りにさしかかった頃。

いつものように水茶屋に来た桂蔵は、小座敷におれんを揚げて、二十両の金子《きんす》と一通の文を渡したという。

「この金があれば、お前は自由の身になれる。ひとまず預けておく。三日後に改めてお前を請け出しにくるが、もし来なんだ時は、二、三日様子を見てから、何とでも理由をつけて、この金を店に払い借金を消して、しばらくじっとしているが好い」

「桂さん、お前、何かとてつもなく危ないことに手を染めているのでは……?」

「いかにも、危ないことをする。だが、悪いことをするつもりはない」

「いや、そうだといって……」

「お前をすぐに請け出せる機会は今しかないのだ。おれにかけてくれ」

おれんは訝《いぶか》しんだが、桂蔵は黙って待っていてくれと言うばかりで、

「その上でおれがこの先十日の内にお前の前に現れなんだら、そっと向島に村井先生を訪ねて、これを渡してくれ」

と、庫之助への文を託したらしい。

「それで、桂蔵はそなたの許には何日経っても現れぬまま死んでしもうたのじゃな?」

庫之助がおれんに問うと、彼女は神妙に頷いて、

「言われた通りに、まず桂さんがくれた二十両を店に払って、水茶屋を出ました。それで桂さんは死んだと知れました……」

おれんはそこで堪《こら》えられなくなり嗚咽《おえつ》した。

桂蔵は、自分に情婦がいると噂が立てば、おれんの身に危険が及ぶと思っていたようだ。

それゆえ、水茶屋も数軒廻《まわ》るようにしていたし、酒色にはさして興がそそられぬという男を演じ続け、おれんの存在を隠していた。

つまり、それだけ危険な仕事に手を染めていたらしいが、師・庫之助に〝二年の間お暇をくださいませ〟と言った期限は迫っていた。

この辺りで決着をつけようと思ったようだ。

「もう桂蔵は、わたしの許に戻ってくることはないだろうと、思うていたものを……」

庫之助は胸が痛んだ。二年の間と願い出た以上は、おれんと夫婦になって何としてでもその間に師の許へ出て、許されなくても好い、頭を下げに行かねばならぬと、桂蔵は心に誓っていたのだ。

おれんは、何度か店に来ていた隠居に、二十両を見せ、

「これは、お客がわたしにくださった心付けをそっと貯《た》めていたものです。どうか、

ご隠居さまからこのお金を店にお渡しくださいませんか」

と、頼み込んだ。

店に内緒でこれだけの金を貯めていたとなれば、搾取されかねない。隠居に身請けされた体をとったのである。

隠居は人の好い男で、

「お前さん、よかったねえ。おれもちょっとばかり若返るよ」

と、快諾してくれたのであった。

その折、隠居は祝儀も包んでくれて、おれんは桂蔵の願い通り自由の身となったが、心の奥底で案じていたことが現実となり悲嘆にくれた。それでも気を取り直して、

「これだけは先生にお渡しいたさねばと、参りました。申し訳ございません。わたしのためにあの人は……」

件《くだん》の文を庫之助に渡し、涙ながらに詫びたという。庫之助は文を一読すると、

「いや、悪いのはみなわたしだ……」

おれんを労《いたわ》り金を渡し、ひとまずかつての剣術仲間の道場に、下働きとして預かってもらうことにした。

そして、あれこれ想いを巡らし、道場をたたんだのである。

柳之助と千秋は、話を聞いて、奉行所の予想が大凡《おおよそ》当っていたと手応えを覚えつつ、僅かな間であっても、庫之助が桂蔵に深い想いを抱いていた事実に納得出来た。

「して、その文には何と……」

庫之助は、懐中から一通の文を取り出し、夫婦の前に置いた。

「片時も身から離さず、持っていたものにござる。もはや御両人とは、同志と信ずる仲。それゆえ、どうぞ御覧くだされ」

「これを我ら夫婦に……」

「読んでもよろしいのですか？」

「その方が話もし易《やす》いかと」

柳之助と千秋は、慎んで文を押し戴《いただ》き、やがてそれぞれ一読したのである。

（四）

その頃。

外神田の佐久間町《さくまちょう》三丁目と四丁目の間、神田川の岸にある〝三四の番屋〟で、南町奉行所定町廻り《じょうまちまわり》同心・外山壮三郎《とやまそうざぶろう》は、密偵・九平次からの報せ《しら》を受けていた。

大番屋から東へほど近い柳橋の料理屋に、札差の主《あるじ》が五人寄り集まって会合を開いているというのだ。

そして、その席に木原康右衛門が、弟子の森岡利兵衛《もりおかりへえ》と共に同座しているらしい。

「いよいよ動き出しやがったか」

「そのようで……」

「まあ、今は放っておけばよいというものだが、この先、悪事の仕組みができ上がってしまうとろくなことはない……」

「料理屋は貸切で、中の様子は窺い見れません……」

「いや、まったく何も気付かぬふりをしていればよい。どうせ、木原は札差の金の力を借りて、蔵前一帯を仕切るつもりでいるのは間違いない」

壮三郎は、ちょっとした綻《ほころ》びから悪党は滅び去るものだと、亡父から教わってきた。

その綻びが、須田桂蔵であると見ていたのだ。

ほとんど同時に、芦川家の小者の三平もやって来て、柳之助と千秋が再び向島の道場で落ち合って、村井庫之助と何やら込み入った話をし始めたようだと報せた。

「よし、おれの勘では、あと一押しで木原道場は潰せるはずだ」

壮三郎は、再び柳之助、千秋の動向を窺いつつ、策を練っていた。

木原道場については、お花《はな》とよど屋勘兵衛《かんべえ》が柳之助の露払いをしてからも、探索を忘れていなかった。

お花は物売りや商家の女中姿となり、康右衛門の立廻り先を調べたし、勘兵衛も自ら船頭となって、札差の旦那衆が用いる船宿に潜入し、彼らの動向を探っていた。

それゆえ、この日の旦那衆の会合についても容易に情報を摑めたのだが、康右衛門は随分と焦りを見せているらしい。

鬼塚隆三《おにづかりゆうぞう》なる浪人者に扮《ふん》して道場に潜入した柳之助は、康右衛門が札差相手に一儲けを企んでいることを看破してみせて、彼らの前から姿を消した。

さらに南町奉行・筒井《つつい》和泉守《いずみのかみ》は目付に手を回し、木原道場に土地を提供している恩《おん》田外記《だげき》を突ついた。

「木原康右衛門なる剣術師範は、町の無頼の輩《やから》に手を貸し、無法に手を染めている由。これでは恩田家の名に傷がつきましょうぞ」

そのような苦言をもたらしたのだ。

千石といっても、旗本家の財政は逼迫《ひつぱく》している。外記は康右衛門には道場を貸すだけの付合いに終始しているとはいえ、ここから入る地代は真にありがたい。追い出すわけにはいかないが、公儀から睨まれても困る。

「付合いは心してかかるように……」

康右衛門に、博奕打《ばくちう》ち、香具師《やし》の類との付合いは慎むようにと釘《くぎ》を刺した。

康右衛門も、無頼の輩からの頼まれ仕事はそのうちになくしてしまい、札差の旦那衆と上手に付合うことを迫られていた。

鬼塚隆三が何者かは知らねど、自分と同じようなことを企んでいる者がいるのは明らかである。

それゆえ、いささか性急ではあったが、札差の旦那衆に強引に繋ぎをとり、今日の会合を実現させたのだ。

「お集まりの旦那衆、ご足労をかけましたな」

康右衛門は、札差の主達を見廻して、にこりと笑った。

「皆様方のために、某が樋川万作《ひかわまんさく》を地の底へ追い払うてから、早や半年以上が経ち申したが、依然、蔵前は落ち着かぬようでござる。新たな樋川が出てこぬように、札差殿におかれては、月々決まった金をこの木原康右衛門に預けて下さらぬかな」

そうして、康右衛門は己が提案を札差衆にぶつけたのである。

「木原先生、そのような大袈裟《おおげさ》なことをせずとも、困ったことが起これば、またその都度お願いします。それでよいではありませんか」

　これに対して旦那衆の一人は、そのように応え、他の四人も相槌《あいづち》を打ったものだが、

「困ったことが起これば？　では、何か起こらねば、我らはただ腹を減らして、蔵前をうろうろとするばかりでござろうか」

　康右衛門は厳しい目を向けた。

「あの折には、それなりのお礼をしたはずでございますが」

　また別の一人が応えたが、康右衛門は鼻で笑った。

「それなりの礼……。確かにそれなりに頂戴いたしたが、あれで何もかもすんだと思われては傍ら痛うござる。あの折には、某も随分と大変な想いをしたゆえに……」

「またいつ、新たな樋川万作が現れるやもしれませぬぞ。その折に、方々の刻印が入った目録をいただくのも気が引けますゆえに」

　森岡利兵衛が付け加えた。

　札差衆は沈黙した。

　樋川万作というのは、一時、蔵宿師として大いに名を馳《は》せた、浪人者の首領であった。

　腕が立ち、彼に従う不良浪人は多く、蔵前の札差達は、弁も立ち腕っ節も強い万作には、何度も金をむしり取られ、煮え湯を呑《の》まされてきた。

こちらも対談方を立てて、その都度やり合ったが、万作にはどんな脅しも通用せず、腕尽《うでず》くとなれば、誰も万作の武芸には敵《かな》わない。

そこで、木原康右衛門は札差の旦那衆にかけ合って、

「樋川万作を追い払って、二度と現れぬようにしてみせよう」

と、三十両ずつ百五十両で引き受けた。

追い払うと言ったが、これには明らかに樋川万作を闇に葬るという意図があった。

この折に旦那衆は、店の刻印入りの目録を康右衛門に差し出していた。

康右衛門は、首尾よく樋川万作を討ち果し、奴は江戸を離れ旅に出たと噂を流し、骸《むくろ》を何れかに埋めた。

以後、ぱたりと札差が蔵宿師にたかられることはなくなった。

しかし、厄介な仕事を僅かな金でさせておいて、これで縁切りとはあまりにもつれないではないか。

康右衛門の手には、札差の刻印が入った金包みの残骸がある。密《ひそ》かに始末をした後、埋めた場所も知らせていない。

札差の旦那衆のことである。墓府の要人とも繋がっているだろうが、康右衛門が騒ぎ立てると面倒が起こるであろう。

康右衛門は彼らを脅しつつ、

「我らに月々決まった金を預けておけば、蔵宿師などが蔵前をうろつかぬ仕組みを拵《こしら》えて進ぜよう」

と、持ちかけたのであった。

あの、樋川万作を屠《ほふ》ったほどの木原康右衛門である。

木原道場への合力という体で、二十や三十の金を渡しておけば、何を言わずとも蔵前を自警してくれるであろう。

損得勘定を考えると、悪い話でもないと、旦那衆は思い始めてきた。

康右衛門が図に乗って、自分達を食ってかかろうとするならば、その時はまた、金の力で新たな木原道場を見つければよいのだ。

康右衛門もその辺りの呼吸はわかっている。

「この木原康右衛門、決して旦那衆の力を侮ってはおりませぬ。その上で、心地のよい付合いを願いとうござる」

旦那衆の顔色を読むと、畏《かしこ》まってみせたのであった。

（五）

芦川柳之助と千秋は、須田桂蔵が水茶屋の女・おれんに託したという庫之助への文を、何度も読み返しては涙した。

文には、おれんのために金を得んとして、蔵前に乗り込んだ桂蔵の苦渋が認《したた》められてあった。

ここで目立てば、きっと儲け仕事が舞い込んでくるであろうが、くれぐれも己が剣を弱い者苛めのためには使いたくない。

人助けが出来て、尚《なお》かつ金になることをしたい。

そう思ったものの、人助けで得られる金はたかがしれていた。

苛められる者は貧しい者が多く、金を取れる相手は限られていた。

これではなかなかおれんを請け出してやれないと思い悩んでいる時、桂蔵は樋川万作の姿を見かけたのである。

万作は、桂蔵を拾い上げて育ててくれた須田左門の仇であった。

仇とはいえ、武芸者同士の納得済みの立合であったが、万作は木太刀の仕合で左門を倒すと、無慈悲にも止《とど》めを刺すように、倒れた左門を打ち据えたのである。

左門はその傷が因《もと》で、数日後に亡くなった。

師であり、父親代わりであった須田左門については、死因など詳しく語らなかった桂蔵ゆえ、旅の中に病没していたと勝手に思っていた庫之助であったが、この文によってそれを知ったのだ。

「得心尽くで仕合に臨んだのだ。ゆめゆめこれを恨みに思うでないぞ」

左門にはそう言われたが、いつか会ったら師の無念を晴らしてやろうと思っていたようで、その相手に巡り合ったからには、立合を申し込みたかった。

とはいえ左門は恨むなと言っていた。どうするべきか逡巡《しゅんじゅん》していると、桂蔵の只《ただ》ならぬ様子を察知した木原康右衛門が近付いてきて、

「貴公は、樋川万作に対して、心に思うところがあるのではないのか？」

と、告げた。桂蔵はためらったが、話をする仲間となく、正直に経緯を述べると、

「それはさぞかし無念であろう」

康右衛門は義憤を覚えたと桂蔵を慰め、万作がいかに悪逆非道な者かと言い立てた。

そして、自分は万作を江戸から追い払わんと考えているのだが、

「奴には賞金がかかっているのでござるよ」

と言って、立合うことを勧めた。

立合えば二十両。その上で、立合に勝てば五十両の金を渡せると言うのだ。

腕自慢の万作が敗れたら、ここにはいられなくなる、勝負の場に皆で乗り込んで、万作の敗北を言い立ててやろうと、康右衛門は話を広げた。

桂蔵の心は揺れた。

樋川万作の悪評は聞き及んでいた。それゆえ万作を倒せば賞金が出るという話はおかしくはなかった。

打ち負かせば、万作も威勢は張っていられまい。やり遂げれば五十両の後金がもらえるのも魅力であった。

何よりも、まず康右衛門は二十両をくれると言う。

これさえ引き受ければ、まずおれんの身請けが出来る。

さらに五十両をもらえば、おれんと夫婦となり村井庫之助を訪ね、向島の道場に恩返しとして半分の金を置いていける。

もちろんこれは、万作に勝利した時のことである。

亡師・左門に無慈悲にも止めを刺したあの男のことである、自分も同じ目に遭わんとも限らないが、康右衛門はひとまず二十両を前金にくれた。

この金と先生への文をおれんに渡して、自分は勝負に臨むことにした。

しかし、心配なのは木原康右衛門の動きである。

自分も世情に疎い田舎者ではあるが、人を見る目はあるつもりだ。

康右衛門は万作を悪し様《あざま》に言うが、評判が悪いのは康右衛門も同じだ。

康右衛門は、万作が勝負に負ければこれを言い立てて、江戸にいられないようにすると言う。しかし桂蔵が見たところでは、自分の仕合の場を狙って、一気に万作を討ち果すつもりなのではないか。そんな気がする。

とどのつまり騙《だま》し討ちのきっかけを作るために、自分は万作と仕合をすることになるのであろう。

それは甚だ不本意であったが、万作は、あの時左門が抵抗出来ないと知りつつ、さらなる一太刀を入れた。

万作は武士の情《なさけ》をまるで持ち合わせていない男である。自分も同じ運命を辿《たど》り、亡き須田左門の無念を思い知るがよい。

樋川万作への憎しみと、おれんのために金ができるという喜びが重なり、桂蔵は木原康右衛門の誘いに応じたのである。

〝金欲しさのために、自分もまた非道な立合に臨むことをお許しください。

村井先生がこれを御覧になる時、わたしは、樋川万作に後れをとったか、またはさらなる争いに巻き込まれて、命を落としていることでございましょう。されど、馬鹿な弟子ではあったが、剣に生きて、人を助け、剣に死んだおかしな奴であったと、お心の端にお留めくださりませ。

先生への御恩は、死して尚忘れませぬ……〟

文はそのように締め括《くく》られていた。

「村井先生は、どのように思われますか？」

柳之助は、庫之助を真っ直ぐに見た。

「桂蔵は、樋川万作を捉えて、かつての須田左門殿との仕合について問い質《ただ》し、自分との仕合を望んだのに違いない……」

万作も仕合を望まれては断われず、木太刀での立合を約した。

この仕合は何れが勝ったか確としないが、

「桂蔵が勝ったと信じたい……」

そしてその場に、木原康右衛門とその一党が乱入し、万作を殺害した後、どこかへ骸を隠した上で、万作が江戸を去ったと噂を流した。

実際、樋川万作の姿は忽然《こつぜん》と蔵前から消えた。

桂蔵が何者かと果し合いをした後、斬り死にを遂げたというのは、後金の五十両惜しさに騙し討ちにした上で、そのように見せかけたのだろう。

そもそも桂蔵の背中に深い傷が二ヶ所もあるのが解せない。

桂蔵ほどの腕の者が、向こう傷よりも、背中に深傷《ふかで》を負って、果し合いに敗れるとは、まず思えないのだ。

また、彼は木太刀での仕合を望んでいたし、木原達は、自分達の力で万作を追い払ったことにしないと、金主に対して恰好《かっこう》がつかないはずだ。

「そうではござるまいか……」

「先生の仰せの通りだと存じまする」

柳之助は力強く応えた。

目川宗徹なる剣客が、康右衛門との果し合いの末に斬り死にを遂げたのも、尋常なる勝負を装い、周囲に助太刀の伏兵を配し、多勢で卑怯《ひきょう》にも討ち果したものと思われる。

「木原康右衛門は、桂蔵殿と樋川万作の因縁に目を付け、そそのかしたのに違いございませぬ」

「そして、桂蔵殿は仕合に勝利なされたはず」

柳之助と千秋は、二人の見解を述べた。

庫之助は相槌を打って、

「わたしは、その文を読んで、桂蔵の仇を討ってやろうと思い決めたのでござる」

それで道場をたたみ、密かに木原道場の様子を探り、己が剣を見つめ直したのだと言うと、目に涙を浮かべた。

「まったく、村井庫之助という男は、何故《なぜ》いつもこうなのだ……！　相手は自分を思うているというのに、いつも気に入らぬことがあると突き放し、心の内ではどうしているのかと思いながら頑《かたく》なに会おうとせぬ……。我が子でさえそうだ……。一人は寂しいくせに、意地を張って一人でいようとする……。それが真の剣客、真の武士、真の男だと考えているのなら大きな間違いじゃ。いつしか心の臓も随分と弱ってきた。これまでは、妻と子供を養うためだと、剣客としては命がけの立合などは避けて通ってきたが、我ながらそれが不本意ではあった」

剣に生きて剣に死ぬ——。

そういう剣客を、心の奥底では目指していたのに、妻子のためにと、覆いをかけてきた。

いつしかそれが、

「あいつには、あれほどのことをしてやったのに……」

という、己が勝手なけちくさい考えになって、時折頭をもたげてきたのだ。

「だが、この度はそうではない。須田桂蔵は私の弟子。弟子の無念は何としてでも晴らすつもりになり申した」

掻《か》き口説くうちに、庫之助の気力は充実をみせた。

「芦田殿御夫婦が入門を請うた時、わたしはふと、桂蔵が首尾よく務めを果し、おれんを伴うて許しを請いにきたらどうしたであろうと思うたのでござるよ。この二人は拒んではならぬ。咄嗟《とっさ》にそう思われたゆえ入門を許した……。すると、あき殿に死んだ末の娘の面影を見て、ことを起こす前に、子供達に会うておこうという気になった……。さらに、御両人が同じく木原康右衛門を仇と狙う身であったとわかれば、もうこれほどのことはない」

「そのように思うてくださるのならば、我らにとってもありがたき幸せに存じまする」

「夫と共に、先生に付き従い、木原道場を叩《たた》き潰しとうございます」

柳之助と千秋が膝を進めた時、道場に何者かが迫り来る気配がした。

三人は、はっと身構えたが、そこに殺気はなかった。

「さて、そろそろ、話は煮詰まりましたかな」

道場に現れたのは、庫之助の長男・栄之助《えいのすけ》であった。

「栄之助、何をしに来た……」

庫之助は叱りつけたが、

「これはしたり……。父がいかなる末路を辿ろうと、それを悲しんだり、そのことで誰かを恨んだりするではないぞと、申された折、素直に〝はい〟とは申せませぬ。何しろ、親のことでござりまするゆえとお応えしたはずでございます。わたしも父上に剣を学んだ息子です。このまま芦田殿にお任せするわけにもいきますまい」

栄之助は、実に惚《とぼ》けた表情で応えた。

「どうしても、仲間に加わりたいと申すか？」

「わたしは、父上の若い頃のように、妻や子供を養わねばならぬ立場にありませんのでね。剣客として血が騒ぐことには、首を突っ込みとうございます」

「うーむ、ぬかしおるわ……」

庫之助は苦い顔をして、柳之助と千秋の方を見たが、夫婦はにこにこと笑っている。

「止《や》むをえぬ」

「お願いいたします」

「ああ、頭にくるのう」

「そのように怒らずともようございましょう」

「たわけ者めが！　今の話をもう一度いたさねばならぬのは、面倒で気恥ずかしいのじゃよ！」

そうして張り詰めた気合が漂いつつも、和やかなうちに、軍議が始まった。

（六）

木原康右衛門は、誓紙を交わすところまではいかなかったが、札差の旦那衆五人と、月々二十五両を貰い受ける約定《やくじょう》を交わした。

しめて百二十五両の金が、木原道場への合力として入ってくることになった。

食い詰め浪人なら、一人一両与えれば道場に詰めかける。

常時三十人ばかりの門人がいれば、腕に覚えのある者の集まりであるから、ひとつの勢力となろう。

札差の五人衆は、札差の中でも大店《おおだな》であるし、江戸の有力者といえよう。

これに倣う商家の旦那衆はこの先も増えると思われ、師範代の森岡利兵衛に月三十両を渡しても、康右衛門には大金が転がり込んでくるという仕組みが出来つつあった。

一商家二十五両といかずとも、五両やそこらでも、数が増えれば大きな額となろう。

木原道場の者が店先に姿を見せるだけで、半端者は寄りつかなくなるのであるから、蔵前から浅草、外神田の富裕な者達は、安全を保つために、少しずつ木原道場に合力し始めていた。

「樋川万作が暴れてくれてよかったぞ」

康右衛門は、ほくそ笑んでいた。

万作が牛耳っていた蔵宿師たちが、万作がいなくなったことで、力が弱まってしまい、新たに蔵宿師として現れる者がいなくなっていたのは事実であった。

事情通は誰もが、万作が忽然と姿を消したのは、密かに闇に葬られたか、江戸を出ねばならない何かがあったのであろうと、そう思っていた。

もちろん、奉行所の方でもその謎を探っていたのだが、そもそも蔵宿師は無法者であるから、江戸から姿を消したからといって、急いでそれに当ることもない。

康右衛門は、お上から睨まれていることもわかっているゆえ、その後は手荒な真似は極力控えてきた。

圧倒的な屈強の浪人衆を擁していれば、そもそも騒動になるほどの争いは起こらないのだ。

「おれ達の威勢が確かなものと受け入れられれば、この先は楽ができるぞ」

康右衛門は、勝ち誇ったように利兵衛に告げると、近頃は酒色に時を忘れ、

「さて、楽になれば次は何をいたしましょうかな？」

と、訊ねる利兵衛に、

「その時こそ、道場を整え、弟子達を見映えのする剣士にするのよ。我らもまだまだ腕を磨かねばならぬゆえにのう」

と、嘯《うそぶ》いていたのである。

そのような折に、道場に一人の剣客が訪ねてきた。

「某は、神道一心流剣術指南・村井庫之助と申す者にござる。当道場の木原康右衛門先生に、お取り次ぎを願いたい」

庫之助が威風堂々と一人で乗り込んだのである。

恩田邸の裏門は、恩田家の者が門番を務めており、日頃より、

「おかしな者は通さぬように頼む」

と、康右衛門から小遣いを与えられていたのだが、先日の芦川柳之助扮する〝鬼塚隆三〟は、いかにも涼しげな武士であった。

そして、この度もまた老齢の落ち着き払った、剣客然とした武士を目の前にすると、

「どうぞ、お通りくださりませ」

と、思わず通行を許した。

あの日の鬼塚隆三については、

「とんだくわせ者であったぞ」

と、文句を言われたものだが、

「この先は、我が木原道場も、それなりの品格を備えるゆえ、まずそのつもりでいてくれ」

ここ数日は、門を出入りする度、康右衛門はそんなことを言っていた。

どこまでが本気かわからないが、札差衆との話も上々で、康右衛門は随分と気をよくしていた。

懐《ふところ》が安定すると、康右衛門は剣客としての地位が欲しくなってきたと見える。

そもそも康右衛門とて、一刀流の遣い手として名を知られていた。

目川宗徹なる武芸者と果し合いに臨んだのも、名だたる剣客に勝って、名を挙げたいと思ったからだ。

ただ、その時も、

「戦は兵法だ……」

などと言って、仲間を募って決闘の地の草叢《くさむら》に助太刀の看板を多数伏せて、一気に討ち取った。

その後、己が勝利を謳《うた》い、世間に〝木原康右衛門ここにあり〟と、自ら喧伝《けんでん》したが、康右衛門の勝利に疑念を抱く者が続出した。

これによって、かえって彼は蛮勇を謳われるようになった。

「それなら、その蛮勇を思い知らせてやる」

開き直れるところが康右衛門の身上《しんじよう》とも、悪癖とも言える。

だが、知恵を駆使して、旗本・恩田邸に道場を構え、正しく蛮勇を知らしめて悪の華を咲かせたのは、なかなかの手腕であったといえよう。

人はおもしろいもので、そんな康右衛門も名誉や剣客としての名声が欲しくなるらしい。

そうして、道場に訪ねてきた一人の老剣客。

勝手に名だたる剣客の仲間入りが出来たのではないかという妄想が生まれ始めていた康右衛門は、何ごとかと庫之助を歓待したのである。

しかし、庫之助は決死の想いで、

——憎い相手の道場に乗り込むなど、一代の痛快事である。

と、木原道場へ向かっていた。

「某が木原康右衛門でござるが、村井先生におかれては、何用あって参られたのでござろう」

一端の剣術師範になったつもりで、庫之助を迎えた。

それに対して庫之助は、静かな口調で、

「本日これへ参ったのは、我が弟子・須田桂蔵について、お聞きしたいことがござったゆえ」

康右衛門に問いかけた。

「須田桂蔵……」

康右衛門の顔が強張《こわば》った。

その日、道場には森岡利兵衛の他に二人の門人しかいなかった。

康右衛門とて、村井庫之助の名は知っている。しかし名を知ってはいても、庫之助がどれほどの遣い手かは知らぬ。

それゆえ、何とも無気味であった。

「桂蔵は、二年半ほど前に、某の許から離れて、その後の消息が知れぬまま、何者かと果し合いの末に空《むな》しゅうなったと聞き及びましてござる」

「左様でござったか……」

「さらに、果し合いに臨む前に、桂蔵は当道場に世話になっていたと知りましてな」

「いかにも。我が道場はいささか稽古が荒うござって、いかがなものかと思いましたが、須田殿は誰でも稽古ができるここを気に入られましてな」

「なるほど……」

「いや、なかなかの腕で、我が門人でまともに立合うことのできる者は、ほとんどおりませなんだ」

康右衛門は、話を合わせてはいるが、内心戸惑っていた。

須田桂蔵を利用して、樋川万作を闇に葬ったが、既に桂蔵は何者かと果し合いに臨み、討ち死にを遂げたと処理されていた。

今さらこれを蒸し返す者が現れたのは、不快極まりなかった。

余の者ならば、脅しをかけつつ、須田桂蔵についてはあまり覚えていない、死んだ折は、あれこれ役人から問われて、迷惑をしたものだと突っぱねればよい。

しかし、相手が一流の師範となれば、慎重に対応しないといけない。

激昂《げっこう》されて斬り合いにでもなれば、庫之助の実力がわからないゆえに、四人共に無傷で済むとは限らない。

康右衛門は、そういう用心を欠かさぬゆえに、これまで生き延びてこられたといえる。

「あの須田桂蔵が、村井先生のお弟子であったとは知りませなんだ」

これは本当であった。

桂蔵は村井庫之助の名は出さなかった。

以前、旅で知り合い師事した人がいたとだけ告げていた。康右衛門の道場に集う浪人達は、そもそもが素性の知れない者ばかりで、わざわざ以前を問うまでもない。

それゆえ打ち捨てていたのだが、こうなると庫之助が何を問いに来たのかが気になった。

「某の短慮で道場を出たが、桂蔵は短い間とはいえ、目をかけていた弟子でござってな。このままあ奴の死の真相も知らずにいるのは後生が悪いので、御貴殿ならば何か知っておいでなのではと」

「さて、どのようなことでしょうな」

康右衛門は探るように、庫之助を見た。

「桂蔵が死んで、しばらくしてから、あ奴が某に宛てた文が届きましてな」

「いかにも、心に決することがあり、某に伝えておきたかったようでござる」

「して、その文には何と……」

「文が……？」

康右衛門の声も震えていた。

素朴で、どちらかというと愚純な男が、村井庫之助に文が渡るようにしていたとは、思いもかけなかった。

――しまった。油断であった。

道場の内に緊張が走った。

二十両を渡した後、木原道場では桂蔵をそれなりに見張っていた。

遊びにも不器用な桂蔵は、水茶屋に行くことはあっても、一人の女にのめり込んでいる様子もなく、親しい仲間もいなかった。

自分を育ててくれた恩人を打ち倒し、死に至らしめたのが、あの樋川万作であると知った桂蔵を利用して、二人に立合をするよう密かに仕向けた。

万作も剣客の血が騒いだか、桂蔵との木太刀での立合に人知れず臨んだ。

そして、康右衛門はその場に乗り込んで、五人がかりで万作を討ったのだ。

その辺りのことを、桂蔵は文に認めていたのであろうか。

「文には、かつての師であり、養い親でもあった須田左門を打ち倒し、死に到らしめた憎き剣客・樋川万作を討ち果すつもりであると……」

庫之助は低い声で応えた。

康右衛門は、苦々しい表情となり、利兵衛と、居合わせた門人達を見廻した。

「して、文には他に何と……」

いざとなれば、この場で庫之助を打ち果さねばなるまい。

いや、それとも、今日のところは上手く言い逃れて、策をもって庫之助の口を塞ぐべきか。

重苦しい沈黙が、少しの間続いた後、

「文には、そこまでしか書かれておりませなんだ。それゆえ、何かわかればとここへ訪ねて参った次第でござる」

庫之助は、落ち着き払って言った。

長年、実直な剣術師範として生きてきた彼が言うと、康右衛門は大いに安堵した。

「いや、これがその文なのでござるが……」

庫之助は、すかさず桂蔵から届けられたという文を懐から取り出し披見した。

そして、それを康右衛門に手渡し、

「まず、読んでくださりませ」

真顔で頷いてみせた。

もちろん、その文は偽物であるが、康右衛門は思わずそれを信じたのである。

（七）

五日後。

村井庫之助の姿は、夕刻となって浅草橋場《はしば》の西、鏡《かがみ》ヶ池《いけ》辺りの野原にあった。

その辺りには葦《あし》が生い茂り、寺の裏手に一軒の苫屋《とまや》がぽつんと建っているのが見える。

単身、橋場までやって来た庫之助は、そこから木原康右衛門と森岡利兵衛に付き添われてここへ辿り着いた。

「どうやら、あの苫屋に樋川万作は、隠れ住んでいるようでござる」

利兵衛がしかつめらしい顔をして言った。

そんなはずはなかった。

木原一党は、桂蔵が万作に会い木太刀での仕合を取り決める段取りを整えてやった後、仕合の勝敗が決まるや万作を襲い、その場で息の根を止めて、近くの塩入《しおいり》土手の一隅に埋めてしまったのだ。

しかし、樋川万作が死んだとわかっているのは、木原達と殺人を唆《そそのか》した札差の旦那衆五人のみ。

既に殺されているのではないかと、疑う者は多かったが、万作は木原道場の威圧を受け、蔵前から撤退したのだと真しやかに囁《ささや》かれていた。

庫之助が康右衛門に見せた桂蔵からの文には、憎き仇の樋川万作と木太刀での仕合に臨むことになりました。仕合の首尾については、後日お報せにあがりますが、報せ無き時は、残念ながら後れをとったとお思いになり、不甲斐《ふがい》なき弟子を、どうぞお許しくださりませ。そこまでが認められてあった。

康右衛門は、これを幸いに、

「仕合の儀は、二人で取り決めたようにて、我らはいつどのようになったかは知りませぬが、樋川は汚い奴にござるゆえ、仕合に負けた折は、仲間を募って騙し討ちにしたのではないかと存じまする」

と、もっともらしいことを言った。

「なるほど、それで桂蔵は何者かと果し合いに臨んで討ち死にを遂げた……。そのように見せかけたのでござるな」

「そうに違いござらぬ。我らも気になって、樋川の動きを追い求めたところ、どうも人目を忍んで浅草界隈にいるのではないかという噂を耳にいたしましてござる」

万作は、桂蔵を騙し討ちにしたものの、仕合において足に深傷を負い、隠れ住んでいるというのである。

足を痛めたとなれば、完全に癒えるまでは、徒《いたずら》に動かぬ方がよいと考えたのであろう。

下手に姿を隠すために旅に出れば、足を痛めているだけに人目に付き易い。

「そこを我らに見つかれば、具合が悪いと思われたに違いござらぬ。我らは蔵前で無法を働く樋川を叩き出すように、町の衆から頼まれていて、このところはずっと敵対しておりましたので、それを恐れてのことでござろう」

康右衛門は、庫之助の来訪を受けて以来、樋川の潜伏先を本腰を入れて探した。

すると、この苫屋が浮上した。

そこで庫之助に、

「共に参って、樋川万作を討ち、須田桂蔵の仇を討ってやろうではござらぬか」

と、持ちかけ庫之助を人気のないところへ呼び出したのであった。

康右衛門の肚《はら》は決まっていた。

この厄介な老剣客を殺してやろうと考えていたのだ。

文を持参して、須田桂蔵の仇を討ってやりたいのだと言っているが、樋川万作がこの世にいないことを、そのうちに突き止めるかもしれない。

そして、桂蔵に残金五十両を支払ってやると言って、ひっそりとした料理茶屋へ呼び出し、不意を襲って殺害したのは康右衛門とその一党の仕業であった。

その後、彼らは桂蔵の骸に、果し合いで死んだような細工をして、そっと洲崎《すさき》の明き地に遺棄したのであった。

いささか手が込んだことをしたのは、場合によっては樋川万作と果し合いに及び、討たれた風にも見られると考えたからだ。

そして万作は、桂蔵を殺害した後、旅に出たのではないかと、人は思うかもしれない。

だが、庫之助もいざという時のために、仲間を募るかもしれない。

それを恐れて、門人の野田《のだ》、小椋《おぐら》が庫之助の身辺を洗ったが、近頃は道場もたたみ、孤独な暮らしを送っていると知れた。

この五日間は、誰も道場には寄りついていないのもわかった。

それらを確かめ、康右衛門は庫之助に遣いを送り、万作の居処《いどころ》がわかったと、ここへ呼び出したのである。

しかし、札差衆との密約がうまくいき、康右衛門はことを早く運ぼうと、急ぎ過ぎた。

庫之助には、南町奉行所隠密廻り同心・芦川柳之助が付いていて、その強妻・千秋と共に、身分を変えつつ彼との共闘を誓っていたなどと、知る由もなかったのである。

今の庫之助は、剣客として、武士として、男として、父として、実りの時を迎えていた。

彼は、すたすたと一人で苫屋の方へ歩いて行った。

不意討ちを狙う、康右衛門と利兵衛の間合から離れたのだ。既に相手の狙いはわかっている。

旗本・恩田邸内の道場から、木原一党を外へ引きずり出す策戦は、見事に当った。

庫之助は、ゆっくりと康右衛門と利兵衛を振り返って、

「あの苫屋には誰もおらぬようじゃな」

頰笑《ほほえ》みを浮かべて言った。

「樋川万作は、須田桂蔵との仕合において、貴様らが乱入して討ち果し、その後、桂

蔵を騙し討ちにした……。そうじゃな」

「何と……」

康右衛門と利兵衛の表情が、たちまち歪《ゆが》んだ。

「言い逃れはさせぬぞ。前金で二十両、後金五十両。その金で人を助けんとした桂蔵は愚かであった。師の仇を討つに当って、人殺しの片棒を担いだのであるからな」

康右衛門は、不敵に笑った。

「ふふふ、それは須田桂蔵から知らされたのかな。いずれにせよ、須田は金を受け取ったのだ。あ奴もまた咎人《とがにん》の一人だ。それを明かせば奴の恥辱となろう」

「いや、その恥辱は、お前達の悪事を暴いたことですすがれよう」

「ふん、物も言いようだな」

「木原康右衛門、須田桂蔵が悪に走ったとすれば、それはこの庫之助のせいである。哀れな弟子を弔うために、仇を討たせてもらうぞ」

庫之助はそう言い放つと、さっと刀の下緒《さげお》で襷《たすき》を十字に綾《あや》なし、袴《はかま》の股立《ももだち》をとった。

こうして野で真剣勝負に臨む。

これが剣客としての集大成である。

穏やかな剣客、実直なる剣客として人望を集めはしたが、命をかけての立合などはしてこなかった。

「いざ、勝負いたせ！」

刀の鯉口《こいぐち》を切ると、武者震いがした。

しかし幸いにも心の臓は落ち着いている。

「さて、おれに勝てるかな。老いぼれめが」

康右衛門は冷笑を浮かべて、右手を高々と上げた。

それを合図に草叢から、野田、小椋といった手下共が次々と姿を現した。

その数、五人。康右衛門と利兵衛を合わせて七人である。

庫之助は慌てない。

「なるほど、こうして目川宗徹を討ち、樋川万作を討ち、そして須田桂蔵を討ったか。恥を知れ！」

堂々として康右衛門を詰《なじ》った。

風が着物の袖と袴をかすかに揺らす、同時に運ばれてくる初冬の草木の香り。

いよいよ、その時が来た。

「ほう、老い先が短いと命も惜しゅうはないか。見上げたものよ。戦《いくさ》は兵法が何よりだ。目川宗徹、樋川万作、須田桂蔵……。下手な恰好をつけるゆえ命を落すのだ。さて、次は村井庫之助先生、おぬしの番だな」

七人の悪党一味が低い声で笑った。

「おのれ、木原康右衛門、己の悪事をこれにて認めたな……」

「冥途《めいど》の土産《みやげ》に聞かせてやろう。須田桂蔵は、樋川万作と木太刀で立合い、見事に奴の肋《あばら》を折り、地に這《は》わせたぞ」

「左様か…。奴は動けぬ樋川に止めの一太刀を入れたか?」

「いや、それをすれば樋川万作と同じになるゆえ。それはいたさぬと……。ふふふ、恰好をつけよって。そうして、桂蔵が立ち去った後、我らが奴の息の根を止めてやったわ」

「そうであったか。桂蔵は勝ったか……。それを聞けて何よりであった」

「好い土産になったであろう」

「この上は、問答無用だ」

庫之助は力強く抜刀した。

毎朝の鍛錬が、ここに結実する。

「老いぼれ、望み通り切り刻んでやるわ」

木原一党も一斉に抜刀した。

すると、草叢のさらに向こうから、勇ましい剣士二人と、髪を若衆髷《わかしゅまげ》に結い、薄紫色の袴姿の美しい女武芸者が現れた。

村井栄之助、芦田隆三郎こと芦川柳之助、芦田あきこと千秋であった。

「ははは、何が兵法だ。取り囲んだつもりが、囲まれていたとは、とんだ間抜けだ！」

柳之助が嘲笑《あざわら》った。

「おのれ、お前はあの時の……」

康右衛門は歯噛《はが》みした。

「はて、何と名乗ったか、もう忘れてしもうたわ」

「目川宗徹の仇！」

千秋が呼ぶと、栄之助が抜刀し、

「父上、助太刀いたしますぞ！」

と、木原一味に向き直った。

「忝《かたじけな》し、露払いを頼みましたぞ」

「この際、木原康右衛門は、村井先生にお任せいたしましょう」

柳之助が言った。千秋が隣で相槌を打つ。

「おのれ小癪《こしゃく》な！　男は三人、女が一人。男の一人は老いぼれだ。一捻《ひとひね》りにしてやるわ！」
康右衛門も覚悟を決めた。
汚い手を使うとはいえ、康右衛門の剣の腕はなかなかのものである。
七対四となれば、恐るべきことはない。
「斬れ！　斬れ！」
と、庫之助に真っ向から斬りかかった。
その太刀筋は目の覚めるような強烈なものであった。
しかし庫之助は、自分でも驚くほどに落ち着いていた。
味方の三人が、はっとして助けに入らんとする間もなく、庫之助は巧みな剣捌《さば》きで、
康右衛門の一刀を柳に風と受け流し、
「えい！」
と、下からすくい上げるように技を返した。
その刹那《せつな》、庫之助の太刀が康右衛門の着物の袖を捉えていたが、袖は切れない。
「父上……」
栄之助が頬笑んだ。
庫之助は刃引の太刀で臨んでいた。

「こんな奴らを斬っても剣の名折れ。打ち倒してしかるべき裁きを受けさせてやる」

庫之助は敵を睨みつけた。

いかにも庫之助らしい。これが彼の剣の極意と言えよう。

柳之助、千秋、栄之助は感じ入り、一斉に刀を峰に返した。

「おのれ！」

利兵衛が続けて、庫之助に斬りつけた。

「下がれ！」

千秋が前に出て、その剣を払った。

木原一味は、その華麗な技を見て目を剝《む》いた。

――ただの物好きな女の剣ではない。

侮ると命取りである。

鬼塚隆三が目川宗徹所縁の者で、庫之助に息子がいるとは知らなかった。

栄之助は勇気百倍。

父が自分の歳《とし》で味わえなかった決闘に身を投じていることに興奮していた。

「父上！　お任せあれ！」

と、数を恃《たの》みに斬りつけてくる野田の足を出足よろしく払った。

野田は堪らずおこついて、後続の手下共の妨げとなる。

柳之助と千秋は、背中合わせとなり、右へ左へ体を動かし、たちまち二人を地に這わせた。

康右衛門は焦った。

このままでは分が悪い。

その気の迷いに付け込み、庫之助はここが勝負と、次々技を繰り出した。

刃引の剣ゆえ、実に気持ちが楽に振れたのだ。防戦一方になった康右衛門は、やがて肩を打たれ、

「利兵衛！」

と、栄之助と斬り結ぶ、師範代にして右腕の配下に一声かけた。

康右衛門にとっては、逃げるのもまた兵法である。

いざという時はいかに逃げるか、その経路まで念入りに調べてあった。

この時、既に野田、小椋以下五名の手下は、ことごとく手負いとなっていた。

せっかく築き上げた蔵前での組織が、音を立てて崩れ落ちた絶望の中、

——それでも、おれさえ逃げのびれば、またいつか盛り返すこともできよう。

利兵衛を供に、草叢の中を駆けた。

「おのれ！　まだ勝負は済んでおらぬわ！」

庫之助はこれを追ったが、さすがに寄る年波には勝てず、康右衛門の姿を見失った。

「待て！」

栄之助が、庫之助に続いた。

柳之助と千秋は残る五人を掃討すると、大きく頷き合った。

康右衛門と利兵衛は、ひたすら駆けたが、二人の前に立ちはだかる男女に、行手を阻まれた。

「のけ！　斬るぞ！」

「ええいッ！」

康右衛門と利兵衛は容赦なく斬りつけたが、この二人もまた凄腕《すごうで》である。細身の鉄棒を自在に揮うと、康右衛門と利兵衛を押し戻した。

生き生きとして悪党二人の行手を阻んだのは、よど屋勘兵衛と女中のお花であった。

勘兵衛は相変わらず退屈をしていたし、お花はまるで千秋の傍にいられなかった鬱憤を晴らさんと、大いにしゃしゃり出たのであった。

「おい……。調子に乗るなよ……」

それを勘兵衛が窘《たしな》めた。

庫之助が栄之助を伴い、追い付いたのを認めたのだ。

「どうぞ、ご存分に……」

お花は首を竦《すく》めて、初対面となった庫之助に、勘兵衛と共に一礼した。

次々とおかしな者が現れて味方をする。

庫之助は目を丸くしつつ、彼もまた一礼を返すと、

「栄之助、抜かるでないぞ！」

「お任せあれ！」

庫之助と栄之助は、それぞれ康右衛門、利兵衛に打ちかかった。

康右衛門と利兵衛も、ここで捕まるわけにはいかない、死に物狂いで迎え撃ったが、

勘兵衛とお花との争闘で、二人は手負いとなり疲れていた。

庫之助と栄之助父子は、初めて共に戦う喜びに気合が漲《みなぎ》っていた。

いざという時の露払いは任せてくれとばかりに、勘兵衛とお花は戦況を見つめていたが、気合に勝る村井父子は、それぞれ相手の剣を撥《は》ね上げ、庫之助の刃引の剣は、康右衛門の胴をしたたかに打った。そして栄之助は、利兵衛の眉間を峰打ちに割っていた。

辺りは静寂に包まれたが、やがて、密偵の九平次、小者の三平の先導で、南町奉行

所同心・外山壮三郎が捕手を率いて、木原道場の者共を次々に捕え、縄を打った。

「村井先生、若先生、この度は御苦労にございましたな。この者共は厳しき詮議にかけ、須田桂蔵殿の死を無駄にはいたしませぬぞ」

恐縮する父子へ静かに壮三郎が告げた時。

柳之助と千秋、勘兵衛とお花の姿は、すっかり消えていたのである。

（八）

それから十日が経った。

江戸には冬が訪れたが、八丁堀《はっちょうぼり》の芦川柳之助の組屋敷には、温かな風が吹いていた。

柳之助とその強妻・千秋の活躍で、悪事を重ねた木原康右衛門の道場は壊滅した。

いくら悪巧みに勝れていても、お上の目は節穴ではない。

目を瞑《つぶ》っているふりをしながら、隠密廻りを、事件の鍵を握る剣客、村井庫之助の許へやって、少しずつ牙城を崩したのだ。

木原康右衛門は、目に余る乱暴な振舞いを質されたが、目川宗徹を数にものを言わせて討ったのは、武士にあるまじき行為とはいえ、果し合いで助太刀が加わるのは他にも例があり、これを殺人には問えなかった。

樋川万作殺しも、万作の行状を憂える札差衆の意図を解したものであると言える。金を引き出して殺人を犯すことは罪ではあるが、これも剣客同士の果し合いととれなくもない。

結局は、須田桂蔵殺しと、村井庫之助襲撃が木原一党断罪の決め手となった。

桂蔵は、仇討ちを木太刀の仕合で果さんとした。金は受け取っていたが、万作を江戸から追い出すための懸賞を受け取っただけで、万作を殺害はしていない。

受け取った金も、哀れな女を助けたい一心のもので、その情は酌み取ってしかるべきだと、死んでしまった桂蔵の罪は問わぬことになり、桂蔵が恋した女、おれんもお構いなしとなった。

庫之助が、おれんを通じて受け取った桂蔵の文だけでは、確たる証拠にはならなかったが、件の決闘の折に康右衛門が庫之助に発した言葉の数々、さらに、命と引き換えに、木原道場末端の不良浪人達を問い詰めると、次々に真実が語られたのであった。

そして、その証言によって、塩入土手の一隅から、樋川万作の骸が見つかった。

木原康右衛門とその一味の詮議は、まだこれから続くが、南町奉行所としては、蔵前の平和が保たれたし、札差の窮状を生んだのは奉行所の失態でもある。

旦那衆には屹度叱《きっとしか》りを申し渡し、大きな処分は下さぬことにした。

とはいえ、旗本、御家人の窮乏が続く限り、新たな蔵宿師は現れ、蔵前に永《なが》の平和が訪れるかどうかはわからなかった。

「まず、この度はよう務めてくれた。しばらく休息するがよい」

柳之助は、奉行・筒井和泉守から労《ねぎら》いを受け、昨日は許しを得て、千秋を同道して、村井道場を訪ねた。

この度のけじめをつけないといけないと思ったからだ。

「これは御両人、あれからどうなされているかと、案じておりましたぞ」

庫之助は、大喜びで夫婦を迎えてくれた。

その後は、向島の道場に、入れ代わり立ち代わり、子供達が訪ねてくるようになったという。

「この先は〝思うところ〟を秘める、すぐ意固地になる、この困った気性を改めることにしたいと存ずる」

その上で、再び道場を旧に復し、また弟子を迎えたいと考えていると、声を弾ませた。

庫之助にとって何より心が和んだのは、須田桂蔵が樋川万作に勝利したことと、桂蔵の名誉が保たれたことだ。

知り人に預けたおれんについては、子供達とも相談して、よい落ち着き方を考えてやりたい。

そのために子供達と語るのもまた楽しみである。

「そういう気持ちになれたのも、ご両人のお蔭と思うておりまする」

爽やかな笑顔で礼を言われると、心が痛んだ。

夫の剣技が未熟ゆえに入門を願ったという偽り。加えて目川宗徹の仇を討たんとして、庫之助の懐に転り込んだとさらなる嘘までついた。

そもそも、芦田家など高崎松平家と示し合わせて拵えた武家である。

この度はもう黙っていられなかった。奉行の許しも得た。

「申し訳ございませぬ」

「夫と二人で、嘘をついておりました……」

隠密廻りを務めてから、二人は初めて、己が身分を打ち明けたのである。

もちろん千秋の実家〝善喜堂《ぜんきどう》〟の正体が、〝将軍家影武芸指南役〟であることは伏せたものの、

「これもまたお上の思《おぼ》し召しと、どうかお許し願い上げる次第にござる」

柳之助は、真の自分となって詫びた。そして、それは千秋と共に覚える安堵に包まれていた。

「ははは、左様でござったか。本当のところは、某が思いもつかぬような御夫婦ではないかと考えたりもしたが、御二人と一緒にいると何やら楽しゅうて、もう何者であってもよいと思えて参りましてなあ」

庫之助はしみじみと想いを語り、

「いや、しかし、そうなると芦川殿の御役目柄、真実を知るとこの先はもう、お会いできぬようになりますな……」

残念がった。

「いえ、いつかどこかでまた、お目にかかることもござりましょう、僅かな間でござりましたが、芦田隆三郎であろうと、芦川柳之助であろうと、わたしが先生の弟子であったことは確かでございます」

柳之助もまた、しみじみと想いを告げると、

「なるほど、そうでござった。僭越《せんえつ》ながら、これをお渡ししようと思うておりました」

庫之助はいそいそと、手文庫から一通の書状を柳之助に差し出した。

「これは……」

「当道場の目録でござる」

「わたしに、目録を……」

「どうぞお収めくだされ」

「嬉《うれ》しゅうございまする。これでわたしも、神道一心流を少しばかり修めたと、自慢できまする」

「存分にどうぞ……」

柳之助と千秋は、庫之助だけには本当のことを告げたいという想いが叶い、晴れ晴れとした心地となり、別れたのである。

ずっと一緒にいた夫婦は、自分達の屋敷に戻っても、寄り添って村井道場について語り合った。

「冬が過ぎればすぐにまた正月だ。今度の正月は、村井先生の道場は、さぞかし賑《にぎ》やかであろうな」

「子供や孫に囲まれて……。それでも、何だ来たのかと、強がりを申されるのでしょうか」

「ははは、そうっと覗きに行ってみるか」

「ほほほ、それはよろしゅうございますね」

それを横目に、女中のお花は、台所で小者の三平を捉えて、

「お務めでも、お屋敷でも……。いつも一緒にいて、飽きないのですかねえ」

と、こぼしていた。

素晴らしい主夫婦に仕えられて、これほどありがたいことはないのだが、お花はどうも茶化したくなるのだ。

「仲睦まじいのは何よりだよ。おれは羨ましいねえ」

三平がお花を宥《なだ》めるように言った時、

「お花！　ちょっと来てくれぬか！　千秋が何やら気分が悪いらしい！」

居間から柳之助の声がした。

「はい！　ただ今……！」

お花は慌てて居間へと駆け、三平も後に続いた。

居間では心配そうに柳之助が千秋の背中をさすっていたが、そこへ柳之助の母、夏《なつ》枝《え》が現れて、

「心配いりませんよ。わたしにはわかります。どうやら孫ができたようですね」

清々しい笑みを浮かべた。

「え？」

一同は顔を見合った。

千秋は悟っていたのであろう。恥ずかしそうに俯《うつむ》いた。

彼女は、皆の顔がたちまち綻んでいくのを眩《まぶ》しげに見ながら、〝善喜堂〟の父、母、兄が喜ぶ様子を思い浮かべていた。

「わたしに子が……」

喜びが大き過ぎると、人はしばし呆然《ぼうぜん》としてしまうらしい。

「千秋、でかしたぞ！」

柳之助は千秋のふくよかな両肩に手をかけると、庭に並び立つ二本の桜の木を二人で見上げた。

この桜は、千秋が嫁いで間なしに植えたもので、今はもう地中で根は絡まり合い、日々たくましく育っていた。

夫婦は、親子で二本の桜を愛でる自分達の姿を頭に思い浮かべ、うっとりとして頷き合った。

村井庫之助の道場に子供達が集うように、芦川家もまた、賑わいの第一歩となろう。子など出来ずとも、千秋がいてくれたらよかった。芦川家の跡取りなど、そのうちに養子を迎えればよい。

子が出来ず思い悩む、八丁堀の人々を見てきた柳之助はそう思っていた。

しかし、これは天からの授かりものだ。大事に育てていかねばなるまい。

「千秋、やがてお前が強い母になるまで、しばらく強い妻になるのは、控えてもらわねばならぬな」

柳之助の少しおどけた言葉に、一同は和み笑い合った。

「はい……」

千秋は楚々《そそ》として畏まってみせたが、

――はあ、どのようにすれば、腕が鈍《なま》らぬようにできるのでしょう。

子が授かった喜びと同時に、身二つになるまで、いかに強さを保てるか、そんなことを考えていた。

見守る二本の桜は、そよ吹く風にゆったりと枝葉を揺らし、にこにこと笑っているようであった。

小学館文庫
好評既刊

八丁堀強妻物語

岡本さとる

ISBN978-4-09-407119-1

日本橋にある将軍家御用達の扇店〝善喜堂《ぜんきどう》〟の娘である千秋は、方々の大店から「是非うちの嫁に……」と声がかかるほどの人気者。ただ、どんな良縁が持ち込まれても、どこか物足りなさを感じ首を縦には振らなかった。そんなある日、千秋は常磐津の師匠の家に向かう道中で、八丁堀同心である芦川柳之助と出会い、その凜々しさに一目惚れをしてしまう。こうして心の底から恋うる相手にようやく出会えたのだったが、千秋には柳之助に絶対に言えない、ある秘密があり――。「取次屋栄三」「居酒屋お夏」の大人気作家が描く、涙あり笑いありの新たな夫婦捕物帳、開幕！

小学館文庫
好評既刊

異人の守り手

手代木正太郎

ISBN978-4-09-407239-6

慶応元年の横浜。世界中を旅する実業家のハインリヒは、外交官しか立ち入ることができない江戸へ行くことを望んでいた。だがこの頃、いまだ外国人が日本人に襲われる事件はなくならず、ハインリヒ自身もまた、怪しい日本人に尾行されていた。不安を覚えたハインリヒは、八か国語を流暢に操る不思議な日本人青年・秦《みなと》漣《れん》太郎《たろう》をガイドに雇う。そして漣太郎と行動をともにする中で、ハインリヒは「異人の守り手」と噂される、陰ながら外国人を守る日本人たちがこの横浜にいることを知り——。手に汗を握る興奮に、深い感動。大エンターテインメント時代小説、ここに開幕！

小学館文庫
好評既刊

突きの鬼一

鈴木英治

ISBN978-4-09-406544-2

美濃北山三万石の主百目鬼《どうめき》一郎太の楽しみは月に一度の賭場通いだ。秘密の抜け穴を通り、城下外れの賭場に現れた一郎太が、あろうことか、命を狙われた。頭格は大垣半象、二天一流の遣い手で、国家老・黒岩監物の配下だ。突きの鬼一と異名をとる一郎太は二十人以上を斬り捨てて虎口を脱する。だが、襲撃者の中に城代家老・伊吹勘助の倅で、一郎太が打ち出した年貢半減令に賛同していた進兵衛がいた。俺の策は家臣を苦しめていたのか。忸怩たる思いの一郎太は藩主の座を降りることを即刻決意、実母桜香院が偏愛する弟・重二郎に後事を託して単身、江戸に向かう。

徒目付 情理の探索
純白の死

青木主水

ISBN978-4-09-406785-9

上司である公儀目付の影山平太郎から命を受けた、徒目付《かちめつけ》の望月丈ノ介は、さっそく相方の福原伊織へ報告するため、組屋敷へ向かった。二人一組で役目を遂行するのが徒目付なのだ。正義感にあふれ、剣術をよく遣う丈ノ介と、かたや身体は弱いが、推理と洞察の力は天下一品の伊織。ふたりは影山の「小普請《こぶしん》組前川左近の新番組頭への登用が内定した。ついては行状を調べよ」との言に、まずは聞き込みからはじめる。すぐに左近が文武両道の武士と知れたはいいが、双子の弟で、勘当された右近の存在を耳にし――。最後に、大どんでん返しが待ち受ける、本格派の捕物帳！

小学館文庫
好評既刊

女形と針子

金子ユミ

ISBN978-4-09-407308-9

全国を回り旅芝居を続ける傍流歌舞伎一座「花房座」。座頭の長女である百多《ももた》は亡き母に代わり裏方の仕事を一手に担い花房座を陰から支えていた。百多の頑張りもあり、一座の評判は上々。ついに東京の大きな芝居小屋での興行が決まった。しかしそんな中、人気の若女形である弟の千多《せんた》が失踪してしまう。千多なしで次の興行は成り立たない。急遽、百多が弟に化け舞台に立つことになるが、運悪く衣裳屋の職人・暁《あかつき》に正体が露見してしまい――。女形の「女」と針子の「男」。一座の危機を救うため、秘密を共有した百多と暁が大舞台に挑む。明治歌舞伎青春譚、ここに開幕！

ISBN978-4-09-407182-5

―本書のプロフィール―

本書は、小学館文庫のために書き下ろされた作品です。

小学館文庫

押《お》しかけ夫婦《ふうふ》　八丁堀強妻物語《はっちょうぼりきょうさいものがたり》〈五〉

著者　岡本《おかもと》さとる

二〇二四年六月十一日　初版第一刷発行

発行人　庄野　樹
発行所　株式会社　小学館
〒一〇一-八〇〇一
東京都千代田区一ツ橋二-三-一
電話　編集〇三-三二三〇-五一三七
販売〇三-五二八一-三五五五
印刷所 ―――― 大日本印刷株式会社

ISBN978-4-09-407357-7